Aコース

山田悠介

角川文庫
20016

Aコース

1

制限時間、後五分。

それまでに何とかしねえとあいつらに負けちまう。それだけは勘弁だ。

七月二十日、午後二時。

照りつける太陽の下、全身汗まみれになった藤田賢治は、奴らに勝つために必死になって街中を駆け回っていた。

息を切らしながら、歩いている女の子を物色する。

「くそ！　いいのがいねえよ」

焦りが募るばかりで、目に留まる子がいない。それならもういっそのこと、闇雲に声をかけていくか。そう決意した賢治は、前を歩いている女子大生風の子に声をかけた。

「ねえねえ、ちょっと」

百六十五センチはあるだろうか。スラッとした体型に、肩まで伸びた茶髪だけで綺麗そうだと判断してしまったのが悪かった。こちらを振り返った途端、賢治の表情は引きつった。

とんだブスだ……。なりふり構わずといっても、限度ってもんがあるだろう。

全く今日はついてねえ……。

「あ、すみません。人違いでした……」

苦し紛れにうまく誤魔化して、別の女の子に声をかけ始めた。

現在高校三年生の藤田賢治は、受験生であるにもかかわらず、毎日のように仲間と遊んでは馬鹿なことを繰り返していた。といっても、ゲーセンやカラオケのような普通の遊びはもう飽きた。そんなつまらないことでは満足しない。今一番求めているものは、スリルだ。刺激がほしい。マンネリ化した生活から、抜け出したいと思っていた。

今日は賭けをしていた。ナンパをして制限時間内にいつものコンビニに女の子を連れてこられるかどうか、と。それができなかったら、ナンパに成功した仲間に千円ずつ払う。

それを聞いた瞬間、負けず嫌いの血が騒いだ。やってやろうじゃねえかと意気込み、賢治は街中に飛び出した。

自信はある。自分のことを格好いいと本気で思っている。顔の彫りは深く、背だって百八十センチもあって、髪はロン毛だ。

だから、俺がモテないはずがないと思い込んでいた。今日だってすぐに女の子をゲットできると考えていた。が、現実はそう甘くなかった。制限時間残り三分を切っても、いまだに声をかけ続けている。いつもはこんなはずじゃないのにと言い訳を繰り返しながら、女の子の後を追っているのだ。正直、悔しかった。あいつらに笑われると思うと腹が立つ。選り好みなどしていられず、近くにいる子に声をかけまくっているのだがうまくいかない。

いい加減、自分が情けなくなってきた。どうしてこの俺が、ご機嫌をうかがいながら、女と接しなければならないのだ。

そう憤慨はするものの、ナンパをやめるわけにはいかなかった。

そして、とうとうタイムリミットが訪れた。待ち合わせ場所に戻らなければいけないのだが……。

「くっそ……なんかムカツクな……」

時間が過ぎても、更に五分間粘ったが、結局、女の子をゲットできず、賢治は賭けに負けたのだった。

「……戻るか」

炎天下を走り回っていたため、制服が汗をはらんで重く感じられる。このまま家にバックレようかと考えたが、それはあまりに格好悪すぎだと、疲れた表情を浮かべながら仕方なくコンビニに向かったのだった。


店の前では既に三人の仲間がたむろしていた。金髪、ピアス、くわえタバコと柄(ガラ)は悪いが、みんな基本的にはいい奴らだ。長くつき合っているとムカツクことも多々あるが。

「おっせ〜よ、フジケン」

車止めに腰を下ろしてタバコをふかしているオールバックの安西敏晃(あんざいとしあき)が、女の子のように小さい顔に不似合いな、への字の口から煙を吹きかけてきた。ちなみにフジケンというのは賢治のあだ名である。

「で、女ゲットできた？」

真ん中で分けた黒髪と対照的に、輝くピアスをつけて優しい顔立ちをしている仲松(なかまつ)憲希(かずき)にそう聞かれ、賢治は顔を顰(しか)めた。それを見て、金髪をワックスで無造作に立たせている、クールな坂本怜(さかもとさとし)が大声で笑った。

「はっはっは。結局ダメじゃんよ」

その言葉に賢治は口を尖らせた。

「てめえらはどうなんだよ」

三人の答えは、拍子抜けしてしまうようなものだった。

「見てのとおり、収穫ゼロ」

「この暑い中、ついてくる女なんていねえっつうの。てゆうか可愛い子が一人もいないしよ」

「だよなー」

今まで意地になってた俺は何だったんだ……。

「じゃあ賭けは？」

怜が当たり前のように答えた。

「全員負け……ってことになるだろ。なあ？」

敏晃が頷く。

「主催者である俺がそう決めました」

偉そうに言う敏晃に、

「何が主催者だよ」

と憲希がツッコミを入れると、三人はゲラゲラと笑った。

そんなふざけたやり取りを見てだんだん馬鹿らしくなってしまい、気の抜けた声を出しながら地面に腰を下ろした。

「何だよ。こんなことならすぐにやめて戻ってくればよかった」

じっとしてると顔や背中から汗が噴き出してくる。シャツで拭っても止まらない。

「それにしてもこの暑さどうにかなんね～のかよ。明日から夏休みだぜ？」

タバコをくわえながら敏晃が太陽に向かって文句を垂れた。

「夏休みは関係ねえだろ」

怜が冷静に言う。

「あー、暇だよな。何か面白い遊びねえのかよ」

賢治が聞いても何も返ってこなかった。誰も思いつかないようだ。

「彼女でもいれば少しは楽しいんだろうけどな～」

憲希がそう呟くと、賢治、怜、敏晃が同時にため息をついた。

確かにそうだ。だからこそ、さっきまでナンパをしていたのだが……。

結局は、こうしてコンビニの前で暇潰しだ。彼らとは中学から一緒なのだが、いつもそうだ。次の日が学校ならいいのだが、明日から夏休み。つまらない時間が延々続くのかと思うと今から憂鬱（ゆううつ）だった。

「あっち〜な〜」

怜がYシャツをパタパタさせている横で、何かないだろうか……と考えるものの、あまりの暑さに朦朧（もうろう）としている賢治にいい案が浮かぶはずもなかった。もう帰ろうか、と口に出そうとした、その時だった。

「あ」

何かが閃（ひらめ）いたとは到底思えない気の抜けた声を発した憲希に、三人の注目が集まった。

「あ？　どうした？」

敏晃が顔を向ける。

「あれを思い出してさ……」

「あれ？」

憲希はなかなか思い出せないのか、口をパクパクさせている。

「何だよ。焦（じ）れってえ」

敏晃が苛立（いらだ）ち始める。

「あ！　そうだ！　あれあれ！」

「だから何なんだよ！」

　怜が声を張り上げると、憲希は指をパチンと鳴らして言った。

「バーチャワールドだっけ？　そんな名前のやつ。あれいいんじゃん？」

　それを聞いた三人は、「あー、あれね」と声を揃えた。

　それは近頃噂になっていたゲームセンターの新アトラクションだ。昨日もテレビのＣＭで流れていたような気がする。聞いた話によると、自分たちが選んだ設定の場所に実際に行き、現実世界と同じように動き回れるのだという。要するにゲームの中に入り込めるというのだ。賢治も詳しくは知らないのでイマイチ要領は摑めていないが、面白そうだと感じたのは確かだ。求めていたスリルも味わえそうだ。

「でも本当に架空の世界になんて行けるのかよ」

　賢治も敏晃と同意見だった。嘘っぽいといえば嘘っぽい。今の世の中、どれだけ技術が発達しているといっても……。

「俺だってあまり知らないよ。そう聞いただけだからさ」

「どうする。とりあえず行ってみるか？」

　怜の言葉で乗り気になった賢治と敏晃を憲希が止めた。

「ちょっと待った」

「何だよ」

「金が……さぁ」

情けなさそうな、弱気な声だった。

「何、一回いくらよ？」

怜の質問に、憲希は黙って五本の指を立てた。その意味に三人は心底驚いた。

「ご、五千円！　マジかよ！　たっけ！」

敏晃が唾を飛ばしながら大げさに言い、慌てて財布の中身を確認する。

「俺……千円しかねえ」

「俺もそんくらいだぞ」

怜が続く。

「どうする？　無理じゃん」

すっかり肩を落としてしまった憲希の背中を賢治は強く叩いた。

「痛って！　何だよ……」

「心配すんな。お前らはあいつを忘れてる。金のことなら奴しかいねえ」

「あいつ？」

咄嗟に憲希が首を傾げる。

「ああ！　そっか！　飯田(いいだ)か！」

怜と憲希の表情が明るくなった。

賢治は勝ち誇ったような笑みを浮かべた。

「あいつがいれば何でもできるぜ」

「フジケン、ナイスアイデア！　早速、電話電話！」

「よっしゃ！」

賢治はすぐさま携帯を取り出した。

飯田訓仁(のりひと)。

同じクラスにいる学校一のボンボンだ。何でも父親が飲食業を営む会社の社長らしく、彼の財布からは無限の金が出てくる。外見からして優等生なので、普段は一緒に遊ばないが、都合が悪くなった時にだけ、こうして呼び出しをかけるのだ。彼もお金を出す時、別に嫌そうな顔はしない。決してイジメているわけではないので、逆に楽しんでいるのだろう。しかも今回はゲーム絡みなので飛んでやってくるはずだ。いつだったか、「僕は最強のゲーマーだ」と言っていたことがある。新アトラクションについても詳しいかもしれない。

携帯を耳から離した賢治は三人を振り向いた。

「何だって？」

怜の問いに、賢治はニンマリと笑みを浮かべた。

「来るってよ。喜んでた」

「よ〜し！」

敏晃がガッツポーズをとった。

「これで何とか暇を潰せそうだな」

憲希が汗を拭いながら言った。

「飯田が来るまでとりあえず店に入ってようぜ。暑くてたまんねえや」

賢治のかけ声とともに四人はコンビニの中に入った。

電話からすでに三十分は経っただろう。賢治たち四人は横に並んで雑誌を立ち読みしていた。

「それにしても遅せ〜な〜」

雑誌から目を離して敏晃が呟く。

「もうそろそろだろ？」

そう言いながら賢治が外を見ると、タイミングよく飯田が店に入ってくるところだった。

「おう。待ってたぜ」

声をかけると他の三人も顔をあげた。

「何だよ君たち……また僕を呼び出して」

飯田は息を切らしながらメガネを上にあげた。小太りの彼の顔や首筋は汗で光っている。

「嬉しいくせに」

賢治の言葉を鼻で笑う。

「ふん。どうせ君たちは僕のお金が目当てなんだろう？　それくらい知ってるよ」

見下したようなこの言い方にはムカツクが、今は下手に出たほうがよさそうだ。

「まあまあ飯田君。早速行こうよ」

憲希が調子よく肩に手をかけた。

「バーチャだろ？　まあ僕も一度は行ってみたかったんだ。僕の言うとおりに行動すれば、みんなクリアできるさ」

後ろで聞いていた怜が飯田の頭をパンとはたいた。

「つべこべ言わずに行こうぜ。で、金あんだろ？」

どうやら飯田は怜が苦手らしく、彼の前ではいつも縮こまってしまう。怜の方は嫌っているわけではないのに。

「……はい」

二人のそのやり取りがおかしくて、賢治は笑いを堪えた。

「行こうぜ行こうぜ！」

敏晃が店の中で大声を出した。店員がこちらを迷惑そうに見ていたがお構いなしだった。

こうして五人は期待に胸を膨らませ、目的地へと向かったのだった。

2

五人は新アトラクションを導入した『ベレッカ』という都内最大規模を誇るゲームセンターに到着した。三階建ての建物は派手に電飾されており、二階には店の名前が大きく光っている。ここはビデオゲームばかりではなく、ＵＦＯキャッチャーやメダルゲームも豊富で、カップルにも大人気のゲームセンターとして有名だった。賢治たちも何度か遊びに来ているが、新アトラクションが導入されてからは初めてだ。興奮しないわけがない。

入り口手前で飯田に呼び止められた。

「君たち……」

「何だよ」

敏晃が苛ついた口調で答える。

「新アトラクションを前に、怖じ気づいてはいないかい？　大丈夫かな？」

何を言ってるんだコイツは？　なぜか分からないが、飯田はいつも場違いなことばかりを言ってメンバーを怒らせる。俺たちのリーダーにでもなったつもりなのだろうか。確かに金を払うのは奴だが……。

「あち～から早く入ろうぜ」

呆れてものも言えないといった様子の怜が飯田を無視して店に入った。憲希、敏晃も後に続いた。

「ほら入るぞ」

相手にされていない彼が少し可哀想になり、一言かけてから賢治も中に入った。

「全く僕を馬鹿にして……」

ブツブツと呟いていたが、自動ドアが閉まった瞬間、ゲームの電子音で声など全く聞こえなくなった。夕方前なので客はそんなに多くはないが、それでも普通のゲームセンターに比べれば入っているほうだろう。

「どこだろう？」

憲希に聞かれ、賢治は受付のほうを指さした。『新アトラクション・バーチャワールド三階』と書かれてあるのだ。

「マジ、ワクワクする〜」

すでにハイテンションの敏晃が甲高い声を上げた。五人は歩調を速めて階段を上がった。前回来た時とは明らかに変わっていた。三階は全て改装されており、一フロア全体を新アトラクションに使っているのだ。薄暗い照明で不気味な雰囲気も出している。意外にも客は一人もおらず、大きな丸い鉄柱を中心に、その周りに六つのイスが取り付けられている。イスの上にはヘルメットのようなものが吊るされている。見上げると何十本もの配線が天井を覆っており、フロアの端には機械を操る店員が研究者のような白衣を着て立っていた。まるで近未来の映画に出てくる実験室のようだった。

このアトラクションをやったことにより、身体がおかしくなったりしないだろうかと、さすがの賢治も不安になるくらいだった。予想以上のスケールに、みんなも少し怯(ひる)んでいる様子だった。落ち着いていたのは、意外にも飯田だった。

「どうしたんだい君たち？　やるのかい？　それとも帰るかい？」

その挑発にハッとなった怜が彼の頭を平手で殴った。

「うるせえ。ほら行くぞ」

「もう、君はすぐ叩(たた)くんだからー。その癖やめてくれよ」

興味本位で見に来る客ばかりなのだろうか、受付まで行って初めて店員が声をかけてきた。

「いらっしゃいませ。ようこそバーチャワールドへ」

満面の笑みが逆に気味悪い。

「ご希望は？」

いきなりそう言われても困ってしまう。

「今日が初めてなんですが」

代表して答えたのは飯田だった。ここはコイツに任せておこう。

「そうですか。ではゲームの説明をさせていただきます」

そう言って、店員は小さなボードをこちらに見せた。そこには、一見しただけでは理解不能な用語が並んでいた。

「まずはお客様にコースを選んでいただくのですが、今日が初めてということなので、細かいことから始めさせていただきます」

五人は黙って店員の話を聞き始めた。

「バーチャワールドは、選んでいただいた設定の場所に立ってプレイしていただくゲームです。簡単に言いますと、お客様の身体と意識が現実から非現実へとワープするとお考えください。実際にはもちろん、身体は移動しません。ですが、これはもうプレイしてみないと分からないのですが、向こうの世界で自由自在に動き回ることができるのです」

言っていることは分かる。だが説明だけではピンとこない。話はもういいから早くゲームをやらせろと、賢治の身体はうずうずしていた。

「とりあえずさ、どんなコースがあるのか見せてよ」

怜がそう言うと、

「分かりました。これがコース設定となっています」

賢治たちは一人ずつ説明書を受け取った。そこには、AコースからEコースまでの内容が書かれてある。

「ふーん。なかなか面白そうじゃん」

敏晃が偉そうに言う。五人はそこに書かれている文字を真剣に目で追っていった。

「どれにする？」

怜がみんなの意見を聞く。

「これなんかスリルがあって楽しそうだけどな」

一番上のコースに目をつけた賢治がボソッと呟く。

「どれどれ」

と憲希が覗（のぞ）いてきた。

「これ」

賢治はAコースを指さした。

「Aコースね〜」

敏晃が力ない声を出す。

「ダメか？」

「いや、悪くねえよ」

「だろ？」

「僕はどんな設定でもいいけどね。何たって怖いもの知らずだからね」

自信満々の飯田には誰も返さない。

「じゃあAコースにしとくか」

怜の言葉に反対する者はいなかった。

「Aコースでよろしいですか？」

自分のやりたい設定が採用され上機嫌の賢治が、

「OKっす！」

と頷いた。

「では、Aコースの確認をさせていただきます」

まだ説明が続くのかよと賢治はウンザリした。早くゲームをやらせろ。

「これからお客様には、ある病院内に行っていただきます。クリアの条件は簡単です。火事で燃えている病院から脱出することです。その前に病院が全焼してしまうとゲームオーバーになるので気をつけてください。非現実世界とはいえ、熱さも感じますので十分注意してください。それと……」

「何？　まだあるの？」

賢治は受付のカウンターに身を乗り出した。早くプレイしたくてたまらないのだ。

「難易度を決めていただきます。イージーは敵なしの状態で、ノーマルでは弱い敵が現れます。ハードではなかなか倒すことのできない強敵が襲ってきますが……どうしましょうか」

「へえ、敵なんて出てくるんだ。スリルがあって楽しそうじゃん。なあ？」

賢治がみんなを振り向いて言った。

「ノーマルかハードを選んだ場合、一人ずつ銃を持つことができます。最初に込められている弾は六発です。なくなってしまっても適当な場所に落ちているので拾って装弾してください」

「じゃあ、もちろんハードだろ」

度胸のある怜らしい意見だ。

「大丈夫かい？　そんなの選んで。僕はもちろん文句はないけどね」

小憎らしい飯田の口調に、敏晃の平手が飛んだ。

「うっせ。お前は黙ってろ。で、本当にハードでやるか？」

「やってみようぜハード。なんかやばそうじゃん」

憲希も賛成のようだった。

「よっしゃ決まり！　ハードで行きます」

賢治が告げた。

「分かりました。難易度はハードで。この場合、全員が死んでしまってもゲームオーバーになります。ちなみに、敵の攻撃を受けた時にも痛みを感じますので注意してください。もちろん現実世界に戻ってきた時には傷も痛みも消えていますのでご安心を。それと、自らリタイアすることもできますので、それはご自由に」

「攻撃なんて喰（くら）わねえって！　さあ早くゲームを開始しようぜ！」

興奮を抑えきれない賢治に対し、店員はあくまで冷静にこう言った。

「それではお先にお会計を失礼します。お一人様五千円で二万五千円となります」

「たけー」

分かってはいたが、思わず敏晃が洩（も）らした。

「じゃあ頼むよ、飯田君」

賢治が飯田の肩に手を置いた。

「仕方ない。まあ僕にとってそのくらいの金額は何でもないけどね」

何か言わないと気が済まないのだろう。そんな彼をみんな放っておいた。

「二万五千円ちょうどお預かりいたします」

「僕に感謝してくれたまえ」

ありがとうと言う者は一人もいなかった。

「それではこちらへどうぞ」

店員の言葉に、賢治の胸が躍った。

「順番に座ってください」

飯田、怜、敏晃、憲希、賢治の順にイスに腰掛けた。座り心地はよくない。イスが妙に硬いのだ。

「それでは失礼します」

三人の店員によって五人の手足はベルトで固定された。まるでこれから人体実験でもされるようだ。

「頭を動かさずじっとしていてください」

そう指示が出された後、全員の頭にヘルメットのようなものが下りてきた。

「おい、髪型が崩れんよ」

文句を言う怜を賢治が宥めた。

「まあまあ今日くらい」

「まだじっとしていてくださいね」

その瞬間、ヘルメットから針が出たのか、後頭部の辺りがチクリと刺激された。

「痛て！　何だよ今の」

敏晃が大げさに声を上げた。

「大丈夫です。心配しないでください。それではもうじきゲームがスタートしますので、目を瞑って、リラックスしてください」

賢治は言われたとおりに目を瞑り、深呼吸した。

「みんな実はビビってんだろ」

全く緊張感のない敏晃がみんなを冷やかす。

「いいから黙ってろ」

怜の注意が飛ぶ。

「うお！　マジ、ドキドキしてきたよ、俺」

憲希は興奮を隠せないようだ。

「君たち。いいから僕の言うとおりに行動するんだ。いいね？」

「うっせ。馬鹿」

怜が飯田にそう吐き捨てた。

「それでは準備が整いました。これよりゲームをスタートします」

店員の言葉でフロアが一気に静まり返った。閉じていた目を少し開いた賢治は、機械をいじっている店員を見た。

「では、いってらっしゃいませ」

店員がレバーを下ろすと、五人の意識は一瞬にして飛んだ。

3

ふと気づいた時には、病院の一階にある受付付近に立っていた。周りにはいくつもの長椅子が並んでいる。患者が退屈しないようにとテレビや雑誌棚も置いてある。

さっきまで着ていたはずの制服から、いつの間にか動きやすい迷彩服に変わっていた賢治たち五人は、意識がはっきりしてもしばらく動けずにいた。

何だ……この感覚は。

お互いを見比べ合い、ただただ驚いていた。床の感触。衣服の着心地。呼吸の感覚まで。まさかこんなにもリアルだとは……。現実世界と何ら変わらない。ゲームの中に身体ごとワープしてきたみたいだ。本物の自分たちは確かにゲームセンターにいるはずなのに……。

「まさか、ここまでとはね」

「ああ」

生意気口調の飯田に今日初めて怜がまともに答えた。

声まで一緒だ。喋り方も。

「すげーな、おい」

信じられないというよりも、感動のほうが大きかった。凄すぎるとしか言いようがない。自分自身の存在を確かめるかのように馬鹿みたいにずっと指先を動かしていると、

「おい！　これ！」

と敏晃が歓喜の声を上げた。全員の腰には銃が用意されているのだ。それに気づいた五人は興奮しながらすぐさま銃を抜き取った。

「うお！　すげえよ！」

賢治は目を輝かせながら貴重な武器を両手で持つ。

重みがある。オモチャとは違う。

「これ……マジ本物かよ」

ため息混じりに憲希が洩らす。

「一発だけ撃ってみようぜ」

敏晃が天井に銃を向けると、慌てて飯田が止めに入った。

「ダメだよ、君！」

「な、何だよ」

「弾は六発しかないんだ。大事に使わないと後で後悔することになるぞ」

「いいじゃねえか、一発くらいよ。つまらねえこと言うなよ」

賢治もそれほど深くは考えていなかった。

たかがゲームなんだからと。

「先にゲームオーバーになりたかったら撃ちたまえ。僕はこれ以上止めないよ」

妙に説得力のある言い方だった。

「何だよ。つまんねえ〜の」

ブックサ言いながらも敏晃は銃を腰に戻した。

「それよりも、僕が気になるのはこれだよ」

右の袖をめくった飯田が、腕に巻き付いている緑色の時計のようなものを見せてきた。

「君たちにもついているだろう？」

そう言われ、賢治も腕を確認した。すると、色は違うが確かに飯田と同じ機器があった。液晶画面は赤、黄色、ピンク、青、緑と並んで光っており、その下には1から

9までの数字が横に並んでいる。これは、そのうちに光るのだろうか、今はどの番号も点灯していない。ちなみに、赤は怜、黄色は敏晃、ピンクは憲希、青は賢治、緑が飯田だった。その下の黒いボタンには「リタイア」と表示されている。ゲームを降りる時にはこれを押せばいいらしい。

「おい飯田。これ何だと思う?」

憲希の質問に、さすがのゲーマーも首を傾げた。

「さあね。数字のほうはまだ何も分からない。ただ、この色については予測がつく。おそらく、ゲームオーバーになった人間の色が消える仕組みになっているんだろう」

「なるほどね」

敏晃が洩らす。

「まあこれは後で考えるとして……。とにかく、早く脱出しないといけないんだろ?」

憲希が辺りを見回した。それにつられて賢治や怜も。

「あの店員、火事になってるって言ってたけど……そんな様子はねえな」

あくまで冷静な怜の声が響いた。

「てゆうかよ、ここは何病院だよ。そんなに大きくはないようだけど、何階まであるんだ?」

敏晃の疑問に、飯田が答えた。

「ここは……どうやら産婦人科のようだね……」

「産婦人科？」

意外なその答えに、賢治が声を上げる。

「どうして分かるんだよ」

すると飯田は病室のプレートを指した。

「あれを見れば分かるよ」

「赤ん坊のマーク」

憲希が呟（つぶや）いた。

「壁もピンク色でそんな雰囲気だし、それ以外考えられないと思う」

「だけど、どうしてよりによって産婦人科なんだ……」

賢治も怜と同じ考えだった。

「それは僕にも分からないがね」

確かに病院には違いないが、なぜあえて設定場所が産婦人科なのだろう。そのことについて店員は何も言っていなかった。コースを選ぶ時の用紙にもただ「病院」とだけしか書かれていなかったように思う。

何か、おかしくないか？

「まあとにかく、ここを脱出するのが条件だ。脱出場所を探さなければね。さあみんな僕についてくるんだ。怖くなったからって、くれぐれもリタイアはしないようにね」

「なに偉そうにしてんだ、お前」

すかさず怜の文句が飛んだ。

「まあまあ怜。とりあえずここはコイツに任せておこうぜ」

賢治が止めたが、怜は面白くなさそうな顔をしていた。

「さあ行こう」

飯田の合図で、五人はようやく歩き始めた。

4

クリアの条件が脱出なので、五人はどこかに小さな抜け道があるものだと考え、人が通れる隙間を探していた。そうしている間に、飯田の推理が一つ当たっていることが分かった。一階の奥に新生児室を発見したのだ。そこにはまだ入らなかったが、それを見つけた途端、飯田は勝ち誇ったような表情になった。

「ほら言っただろ?」

その言葉には誰も返さない。

「それにしてもどこから脱出するんだよ」

敏晃の声がだれる。どの部屋にも入っていないが、ひととおり一階は探してみた。が、それらしき逃げ道はどこにもない。腕を組んだ憲希が提案した。

「別に隙間からじゃなくて、ただ出入り口から脱出するんじゃねえの?」

そう考えるのが普通だが、これはゲームだ。さすがに、そんなつまらないオチはないだろうと飯田でさえ思い込んでいた。

「だとしたら寒くねえ?」

賢治が顔を顰(しか)めた。

「とりあえず出入り口に行ってみようぜ」

そう言って怜はさっさと歩きだした。四人も後に続いた。

ここから出入りするとしか考えられない大きな扉の前で五人は立ち止まった。この先がゴールということか。すぐ横には自分たちが腕につけている機器と同じように1から9までの数字が並んでいる。その表示板の下には小さな蓋(ふた)がある。

これは一体、どういう意味だ……。

「やっぱりここから逃げるってことなのか？」

敏晃が呟く。

「どうやらそのようだね」

飯田が答えながら、扉に手を伸ばした。そして強く引いてみる。しかし、鍵がかかっているようで開かない。

「ダメじゃねえかよ」

賢治は飯田に声をぶつけた。飯田からは冷静な言葉が返ってきた。

「当たり前じゃないか。すぐに開いたらゲームじゃないだろう？」

「まあそうだな」

憲希は苦笑を浮かべた。

「鍵穴があるだろう？」

飯田はドアノブの下を指さした。

「要するに鍵を見つけろという命令なのさ。そうしなければ僕たちは脱出できない」

「その鍵をどこで手に入れるかってことか……」

怜がクールな表情のまま腕を組む。

「僕が思うに……」

　また飯田が喋（しゃべ）りだす。

「この1から9までの番号だ。これがヒントなんだよ。僕たちの腕にも同じ数字が並んでいるからね。意味がないわけがない」

「ということは？」

　憲希は全員の顔を見るだけで自分で考えようとはしない。

「そうか……」

　飯田が何か閃（ひらめ）いたようだ。

「僕の長年のゲーム歴からすると、恐らくはそういうことなんだろうね」

　なかなかその先を言わない彼を賢治は急（せ）かした。

「何だよ！　早く言えって」

「数字の下に小さな蓋があるだろう？　多分この中に鍵が入っている」

「でもどうやって開けるんだよ。取っ手も何もねえぞ？」

　敏晃がそう言いながら蓋をいじる。

「まだ分からないのかい？　この数字を全て光らせればいいのさ。そうすればこの蓋が開いて鍵が手に入る。僕たちの腕についているこの機械は、ここと連動しているんじゃないだろうか」

「本当かよ？　なんか怪しいぜ？」

敏晃が飯田を疑いの目で見る。

「間違いないと思うがね」

「でもよ、この数字をどうやって光らせればいいんだよ？」

賢治の質問には怜が答えた。

「それを今から探しに行くんだろ？」

「そういうことだね」

飯田が重々しく頷（うなず）いた。

「よし……脱出方法は何となく分かったね。まずは一階の部屋から散策に行こうか、君たち」

「だから何でお前が仕切るんだよ」

怜が飯田の頭をはたく。

「痛いな、も〜」

こんな馬鹿どもが一緒で本当に脱出できるのだろうか。とはいえこれはゲームなのだから、と、賢治は真剣に考えてはいなかった。

脱出の扉から受付に戻り、更に前方に進んだ五人は、101号室の前で立ち止まった。

「とりあえず入ってみるか」

怜がドアノブに手をかける。

「いいんじゃないかな？　別に」

飯田が言い終わる前に扉を開けていた。最初の部屋にしては緊張感も何もなかった。

「大部屋か……」

六つのベッドが左右に三つずつ並べてある。それにしても全てが綺麗に整っている。毛布はきちんと畳まれているし、シーツは真っ白だ。見舞客用のイスも所定の位置に収められている。カーテンも全て開いていて、しっかりと紐で束ねられている。

「本当にこの病院は使われていたんじゃないのか」

思わずそう洩らしてしまうくらい、現実味がある。

そうだった。これはゲームの中なんだ。

「今気がついたんだけど、窓から逃げられないわけ？」

敏晃が言った。

「そうだよな。試してみるか」

憲希が窓に向かい、鍵を開けようとする。

「くそ！　ダメだ……鍵が固くて開けられねえよ」

力一杯ロックを外そうとするが、無理なようだ。

「よし、じゃあ銃で撃とうぜ。今なら文句ねえだろ、飯田」

腰から銃を引き抜いた敏晃は片手で構えて窓に向けた。

「別に止めはしないよ」

「よし！　どいてろ憲希！」

その言葉とともに敏晃が引き金を引いた。その瞬間、もの凄い銃声が室内に響いた。

あまりの衝撃に敏晃は尻餅をついている。

「うお！　すっげえ威力じゃねえ？　やっぱ本物じゃん！」

窓には当たったようだ。が、痕がついただけでビクともしない。

「君……銃は片手で撃っちゃダメなんだよ。ちゃんと両手で持たなきゃ」

飯田に注意された敏晃は立ち上がりながら文句を言った。

「うっせ！　ちょっと気を抜いてただけだ！」

「まあ、でもこれで逃げ道はあそこしかないってことが分かったな。どんなことしたって無駄だろう」

賢治も怜と同意見だった。条件以外のことをしたって脱出できるはずがない。

「君たち、ちょっと来るんだ」

部屋中を歩き回っていた飯田は右側の一番奥のベッドの前に立ち、偉そうに全員を呼んだ。

「何だよ……また何か発見したっていうのか？」

愚痴をこぼしながらも賢治は指示に従った。あとの三人も続く。

「ほら……これ」

「あ？」

飯田が指さしているほうに目を向ける。するとテレビの上に、コースターくらいの大きさの、4と書かれた赤いスイッチが置いてあった。それにしてもこのテレビはいつの時代のものだ。異様に型が古くないか？　チャンネルがダイヤル式のやつだ。それとも病院では当たり前なのだろうか。

「これを押せってことか」

「おそらくそうだね」

「よし！　俺に押させろ！」

賢治は袖をめくり、意気揚々と前に出た。すると横から敏晃が割って入った。

「俺だよ俺！　俺に押させろって！」

「どっちでもいいじゃねえかよー。早くしねえとゲームオーバーになっちまうぞ」

憲希が呆れながら二人を見つめている。

「じゃあ、ジャンケンな」

賢治の提案に敏晃は乗った。そして勝負の結果、賢治が負けた。

「くそ！」

「よっしゃ！　どけ飯田！」

興奮気味の敏晃は右の手のひらで思いきりスイッチを押した。が、どういうわけか腕に巻き付いている機器の4は点灯しない。

「おい飯田。どうなってんだよ」

怜が問いかけている間も、敏晃はしつこくスイッチを押している。飯田は腕を組み、答えを出した。

「僕が思うに、1から順番に押していかないとダメなんじゃないかな？」

「本当かよ、おい。だんだん信じられなくなってきたぞ」

「僕を信じるんだ。さあ次へ行こう」

そう言って、飯田はさっさと部屋を出ていってしまった。

「もし違ったら今度はタダじゃ済まさねえからな」

自信満々の彼に怜が脅しをかけた。何だかんだ言いながらも結局、賢治たちは飯田の後に続いたのだった。

5

まずは1のスイッチを探すしかなかった。が、それがどの部屋にあるかも分からないので、五人は、101号室の向かいにある医局に入った。そこは先ほどの病室より広々としていた。いくつものデスクや本棚があるが、やはり綺麗に整理されている。別室が休憩室となっているのだろうか、木でできた折り畳み式の長いテーブルの上にガラスの灰皿があるものの、吸い殻などなくピカピカだ。

「さあスイッチを探すんだ。どれかしらの番号があると思う」

もう慣れたのか、飯田が仕切っても誰も文句は言わなくなっていた。それにしても、どうしてアイツはそこまで言いきれるのだろう。実はゲームの体験者で、本当は全ての仕組みを頭の中にインプットしているのではないだろうか。それならそれでいいのだが……。

「おい、どこにもねえぞ、スイッチ」

どこからか敏晃の声が飛んできた。賢治もデスクの引き出しや本棚の上やパソコンの周りを調べてまわったが、なかなか見つけることができなかった。別に五人で競っているわけではないのだが、こういう時は負けず嫌いの血が騒ぐ。最初のスイッチは絶対に俺が見つけてやると、表情には出さないがそう思っていた。

「ここにはスイッチすらないんじゃねえのか？」

そう言った矢先だった。

「おいこっちだ！　あったぞ！　1のスイッチだ！」

クソ……負けたか。

「でかした憲希！」

敏晃のテンションが異常に上がる。

結局、1のスイッチは何てことのない場所についていた。壁にかかった丸い時計のすぐ下にあったのだ。

「よし！　今度こそ俺に押させろ」

あまりに賢治がはりきっているので、誰も横から入らなかった。

「おりゃ！」

というかけ声とともに1のスイッチを強く押した。すると、腕の数字の1が点灯したのだ。

「おおお！」

敏晃がどよめく。

「やはり僕の言うとおりだったか……。それにしても……」

飯田が呟いたその時だった。扉の向こうで激しい物音が聞こえた。

「うお！　何だよ！」

突然の物音に驚きながら扉を開けて廊下へ出た賢治は、ギョッとして目を剝いた。

「な、何だアイツ！」

「スイッチを押した途端……やはりそういう仕組みか。そろそろとは思っていたが、とうとう来たか。これが僕たちの脱出を邪魔する敵ってわけか」

二メートル以上はあるのではないかと思われる、鎧甲をまとった巨大な骸骨。右手にはこれまた大きな刀。それがこちらにゆっくりと近づいてくる。敵との距離、およそ二十メートル。緊張のあまりうまく頭が回らない。身体が動かない。それでも必死に自分を取り戻す。

「う、撃て！　撃ち殺せ！」

賢治の合図で全員が銃を手にし、侍骸骨に一発、二発と発砲した。

「き、きかねえよ！　強いぞコイツ！」

侍骸骨は銃弾を浴びてよろめきはするのだがビクともしない。時間は稼げるが、距離がだんだん縮まるだけだ。近づけば近づくほど巨大な侍骸骨の迫力が増す。

いつの間にか五人は医局の中に後退していた。少し遅れて侍骸骨も入ってきた。

「これじゃあ弾がもったいない。みんな逃げるんだ！」

飯田は冷静さを保っていた。

「逃げろ！」

怜が怒鳴った瞬間、全員が一斉に動いた。が、慌てて出口に駆け寄ったせいで、賢治と憲希がぶつかってしまった。

「おい！　邪魔だよ！　どけ！」

「お前こそ！」

他の三人は部屋の端からうまく回って侍骸骨の背後に行くことに成功したのだが、二人はまだ向かい合っている状態だった。敵との距離はもう五メートルもない。

「くっそ！」

賢治が再び発砲した。続いて憲希も一発。更にもう一発。侍骸骨の足は止まるが逃げるだけの余裕はない。すると後ろから援護射撃が加えられた。

「二人とも早くこっちへ来るんだ」

飯田の声が聞こえる。侍骸骨の背後から三人が助けてくれている。

「よっしゃ！」

銃声が響き渡る。

賢治はデスクからデスクへとぽんぽんと伝って逃げることができた。しかし、心に余裕がなかった憲希は何を血迷ったのか、よろけている侍骸骨の真横を通ってしまった。その瞬間、憲希の左肩が刀で斬りつけられた。

「うわぁ！」

痛みに憲希の表情が歪む。それでも足を止めることなく肩を押さえながら何とか四人の元に辿り着いた。

「大丈夫かい、仲松くん」

飯田が心配そうな顔で覗き込んだ。

「おい、すげえ血だぞ」

他人事のように賢治が呟いた。憲希の肩からは止めどなく血が溢れ出ている。

「おい！ 走ってきたぞ！」

敏晃のその声で目を向けると、侍骸骨はスピードは遅いが、走ってこちらに向かってくる。憲希が怪我を負ったとはいえ、もうそれどころではなかった。全員、急いで医局から飛び出した。それでも安心はできなかった。侍骸骨もすぐに出てきたのだ。

「に、逃げるんだ！」

飯田の叫び声が廊下に響いた。五人はそれぞれに走りだし、バラバラにはぐれてしまった。

6

全力で二階に上がった賢治はどうにか調理室へと逃げ込むことに成功した。他のメンバーが今どこにいるかなど知ったことではない。体力を回復させることが先だ。

銃の弾はあと三発。飯田が言ったように慎重に使わなければなるまい。

もう追ってこないだろうと判断した賢治は、壁に寄り掛かり、ガクガクと震える足を押さえた。

運動不足だな、こりゃ。息が切れっぱなしだ。それにしても何だ、あの敵は。限度を超えちゃいないか？　めちゃくちゃ強いじゃないか。誰だハードに決めたのは。

とはいえ、興奮していたのは事実だった。迫りくる侍骸骨。銃で応戦する自分。これぞ求めていたスリル。普段の生活にはない刺激。最高だ！

「さて」

次こそは自分が見つけてやる。

呼吸を整えて立ち上がる。

1のスイッチを押したということは、次は2を探さなければならないのか。

賢治は改めて調理室を見渡した。ステンレスの広い台所に巨大な寸胴(ずんどう)。それに一般の家庭には絶対にない大きな冷蔵庫。しゃもじもお玉もでかい。さすが病院だ。何百人分もの食事を作るのだから当たり前か……。

さっきの侍骸骨が襲ってくる前に、賢治は急いで2のスイッチを探した。壁についていないだろうかと、ハンガーにかかっている何着もの白い調理着を乱暴に落とす。が、目当ての物は見つからない。調理台の上にも、食器棚にも、ついでに冷蔵庫の中まで調べたが発見できなかった。

「くそ！」

他のメンバーがもう押したのだろうか？

そう思い腕の機器を調べたが、まだ2は点灯していない。そして、表示を見る限り、誰もゲームオーバーになってはいないようだ。

四人は今固まって行動しているのだろうか？　それで敵と戦っている？　いや、みんな離ればなれになったのだ。それはないだろう。それともまた合流した？　別に奴らのことなどどうでもいいが。

どうもここにはなさそうだという結論に至り、ドアに向かった。その途中、調理着を踏んづけた賢治は固い感触に気づき、ポケットをまさぐった。すると、箱に入った銃弾を見つけたのだ。思わぬ収穫に拳を握りしめて声をあげた。

「よっしゃ！」

これであの強敵が来ても少しは凌げる。

中には弾が五発入っていた。箱をポケットの中に大事にしまい、賢治は部屋を出た。

廊下には誰もいなかった。敵すらもいない。不気味なほど静かだ。本当にこの病院は火事なのか？　と疑ってしまうくらいだった。

すぐに203号室が目についたので、ドアを開けた。ここにスイッチがあればいいのだが。

101号室とはほぼ変わらない。六つのベッドにクリーム色のカーテン。ただこちらのほうが若干広いだろうか。

それにしても……。

何だこの気配は。

敵がどこかに潜んでいるのか？

それならばすぐにここから出なければならないのだが、確かめずにはいられなくなって賢治は慎重に歩を進めた。そして、こちらからは死角になっている一番奥のベッドの隅をそーっと覗いた。するとそこには、傷を負った左肩を押さえ、目を瞑って必死に息を殺している憲希が小さくなってしゃがんでいた。憲希は敵が入ってきたと思ったのだろう。ゲームだということを忘れているのだろうか。その怯えた姿が何となくおかしかった。

「おい憲希」

声をかけると、閉じていた目を開き顔を上げた。

「何だよ……フジケンかよ。焦ったよ」

憲希から安堵の息が洩れる。

「おい。肩、大丈夫なのかよ」

「血は止まったけど……かなり痛てえよ。クッソ、あの骸骨野郎」

文句を吐きながら憲希は立ち上がった。

「そんなに痛いならリタイアしちまったほうがいいんじゃねえの？」

「馬鹿言え。金がもったいないだろ」

もったいないといっても、金は飯田が出したんだろ、とは言えなかった。相当苦しげな顔をしているので、いつものようにツッコミを入れられる雰囲気ではなかった。

心の中では笑っていたが。

「で、誰か2は押したのか？」

賢治は首を振る。

「探してる途中。なかなか難しいぞ」

「よし。じゃあ探そうぜ」

「その身体でかよ」

「大丈夫だって。いざとなればリタイアすればいいんだし」

「仕方ねえな。じゃあ、これ分けてやるよ。さっき拾ったんだ」

そう言って賢治は拳銃の弾を二発渡した。

「おお！　ありがてえ」

「大事に使えよな。本当は俺の弾なんだからよ」

「まあまあ、そうケチくさいこと言うなって」

お前が怪我をしてなければやることは絶対になかったのに、との思いがよぎった。

「さっきは壁だったから、同じところにはないよな」

「ああ」

そうはいっても天井にはないし、ベッドの下についているわけでもなかった。101号室で見つけた4のスイッチはテレビの上にあったが、この部屋にテレビはない。

「スイッチすらないんじゃないの？」

その時、賢治は部屋の左隅に置いてあるクローゼットに目をつけた。ここにあるかもしれないと、憲希にバレないように静かに開けた。すると、洋服も何も入っていないその中に、ポツンと置かれた2のスイッチを見つけたのだ。

「見つけたぞ！　憲希！」

「おお！　やるじゃん」

探すのを止めて憲希は賢治の隣に走ってきた。

「よし！　押せ！　フジケン」

賢治はまたもや力強くスイッチを押した。すると腕の2も点灯した。

「次は3か。行こうぜ、憲希」

「ああ」

賢治を先に二人は203号室から出た。その時だった。激しい足音が迫ってくる。

「おい！　どけどけどけ！」

後ろを振り向くと、敏晃が必死の形相でこちらに向かってくる。その後ろには侍骸骨が続いている。鬼ごっこより遥(はる)かにスリルのある追いかけっこだ。

「うお！　逃げろ！」

まだ余裕はあったが、賢治と憲希も走りだした。そして賢治は一階へ。敏晃と憲希は三階へと逃げたのだった。

7

三階から四階に上がろうとした敏晃と憲希は、慌てて足を止めた。激しい炎のため上には行けなくなっている。廊下も煙で覆われていた。

徐々に脱出までのタイムリミットが迫っているということだろうか。

「四階が最初から行けなくなっているということは、一階から三階全てを回れば、残りの3から9までのスイッチが見つかるんだろうな」

左肩は相当痛いはずなのに、憲希の頭の回転は、まだしっかりしているようだ。

「でもここから火が回ろうとしている。まずは三階から調べていったほうがいいのかもしれないな」

「それよりも憲希！　早く逃げようぜ。敵に見つかっちまうよ！」

息を切らしながら敏晃は急かす。

「フジケン大丈夫かな？　骸骨にやられてないかな」

「大丈夫だって！　フジケンの青は消えてないんだから。それよりも早く」

「ああ。行こう」

二人は侍骸骨に気づかれる前に、３０１号室に入った。すると、レポーターらしき女性の喋り声が聞こえてきた。入り口から一番近いベッドにあるテレビがついているのだ。病室に入ったことで安心しきっていた敏晃は、その不自然さに気づかないようだ。

「どれだけ走らせれば気が済むんだよ。俺もう疲れたよー。しんどいわ、このゲーム」

敏晃の悪い癖がまた始まったと憲希は思った。いくら楽しいとはいえ、面倒くさいとなるとすぐに愚痴をこぼす。諦めも早いし、辛抱できない性格だ。兄貴から貰ったバイクも色がダサイからもうあまり乗らないと言っていたし、何よりも女の子の目移りが激しい。この前まで可愛いと話していた子が、一週間後にはもう別の子に代わっている。それにはさすがに呆れるしかなかった。

「それよりもおい！　このニュース」

憲希が怒鳴ると、疲れた表情の敏晃はテレビに注目した。

『現在、この病院の中には生まれたばかりの赤ん坊を含む三人が取り残されております！　しかし炎の勢いは増すばかりで、消防隊も中には入れない状態です！』

その言葉を聞いた二人は、困惑した顔を見合わせた。

「赤ん坊ってことは、産婦人科だよな？　それに火事って……この病院のことじゃねえの？」

憲希が敏晃に聞いてきた。

「さあ……違うだろ？　だってゲームだぜ。一階にいた時、全然騒がしくなかったし」

「だよな。何だか意味分からねえな、このゲーム」

「ああ」

頷いた憲希はテレビの横に置いてある新聞を開いた。

「あっ？」

「どうした！」

「この日付」

「日付？」

敏晃は横から新聞紙を見た。

「昭和六十一年十一月二日？　昭和ってどういうことだよ」

「さあ」

痛みも忘れてしまったかのように眉間にしわを寄せ、憲希は首を傾げる。

「俺たちが生まれた年だよな」

それに気づいたのは敏晃だった。

「あ、そういえば」

「タイムスリップしてきたところまではいいとして、なんでこの年なんだよ」

二人は新聞を眺めながら黙り込んでしまった。ただスイッチを押して脱出すればいいだけじゃなかったのか。なぜこんな余計なことが。

その時だった。突然、ガラガラと、開かないはずの窓の音がした。素早く目を向けた二人は思わず声を上げていた。

「ああ！」

「ちょ、ちょっと！」

止めたのは憲希だった。ピンクのパジャマを着た髪の長い女性が、窓から飛び降りようとしているのだ。

「もう訳が分からん」

「何してるんですか！」

憲希の声に反応した女性はこちらを振り向いた。が、口をパクパクさせているだけで何も聞こえない。

「危ないですよ！」

そんな説得の仕方があるかと思いながらも、敏晃は口を挟まなかった。別にゲームだし、と。

「やめるんだ！」

という憲希の言葉を最後に、結局、女性は窓から飛び降りてしまった。

「あ」

二人は同時に声を上げ、窓に走り寄った。そして一緒に下を覗き込んだ。彼女の姿は見えない。煙で遮られてしまっているのだ。

「な、何なんだ？　一体」

「ここから飛び降りたら脱出になるのかな？　いや、ゲームオーバーだろうな。自殺だもんな。まあいいや。とにかくスイッチ探そうぜ」

敏晃が気持ちを切り換えても、憲希の返事はなかった。

「おい、なに落ち込んでんだよ」

「いや……ちゃんと説得すれば助けられたんじゃないかと思ってさ」

その答えに敏晃は大笑いした。

「ゲームだって言ってんじゃん！　アクションの一つなんだって！」

「そうかな……」

「そうだよ、馬鹿だな。それより早く見つけようぜ。次は3だろ？」

「ああ」

疑問には思うが、女性が飛び降りたことをあまり深く考えない敏晃と、そのことが頭から離れない憲希は、スイッチ探しに戻った。すると、今回は案外早く発見できた。医局の時と同様、壁についていたのだ。敏晃が押すと3が光る。

「ここはもう用なしだ。出よう」

あまり浮かない表情の憲希を強引に廊下に出した。するとまたもや、二人を困らせる人物が目の前に立っていた。煙で顔がうっすらとしか分からないが、男の子のようだ。青いセーターにジーパンを穿いている。髪はおかっぱで、背丈から判断すると、まだ幼稚園児だろうか？

憲希が心配そうに子供の目の高さまでしゃがんだ。敏晃は迷惑そうに腕を組み、敵が来ないかを見張る。

「僕、どうしたの？」

「おい、放っておけよ、そんなガキ。ここは現実の世界じゃねえんだぞ？　骸骨野郎が来ちまうぞ」

「うるせえな」

子供に視線を戻す。

「お母さんは？」

まだつき合おうとしている憲希を見て、敏晃はため息をついた。

「いい加減にしろって」

「お母さんはどうしたの？」

するとこ子供は３０１号室を指さした。

「この中……」

その瞬間、さすがの敏晃も言葉を失った。自殺した女性か、とは言えなかった。憲希が曖昧に言った。

「そ、そう。でも大丈夫。お母さんは多分、もう逃げたんだよ。この中にはいなかったから」

子供は落ち込んだ表情を見せている。

「おい憲希！　もう行くぞ！」

苛立つ敏晃とは逆に、憲希は優しく右手を差しのべた。

「何してんだよ」

「連れていく。可哀想だから」

「はあ？　肩を怪我してるっていうのにか？　それにお前まだ分かんねえのかよ。これは……」

「ゲームだろ？　分かってるよ。でも放っておけないだろ。煙だってどんどん広がってるんだ」

敏晃は心底腹を立てていた。憲希のこういう正義感ぶるところが前から嫌いだった。

不良を気取っているくせに、電車では老人や身体の不自由な人間に席を譲るし、クラスの女子がコンタクトを落とした時は、気に入られたいためか必死に探してやっていた。

偽善者め！

これはゲームなんだと割り切れよ！

「俺はそんなガキのお守りなんてゴメンだぜ。こっからは別行動だ」

「好きにしろよ。俺はこの子と一緒に行く」

「何で初めてあったガキにそこまで……」

俺がただ冷たいだけか？　いやそんなはずはない。

言いたい文句は山ほどあったが時間の無駄だと悟り、憲希に背中を向けて階段に向かった。下りる手前で振り返る。憲希は左肩を落とし、子供と一緒に廊下を歩いていく。やがて煙に包まれ見えなくなってしまった。

「脱出すればクリアだっていうのによ……勝手にしろ」

8

１０１号室の扉を開けたのは怜だった。敵がいないか慎重に病室内の様子を窺（うかが）う。

よし、大丈夫だ。廊下に侍骸骨がいないことも確認し、扉を閉めた。

壁に寄り掛かり、まずは一息。

何とかまだ生き延びられそうだ。

それにしてもあの侍骸骨、銃で撃ってもビクともしねえ。やっかいな敵だな。

まさかあんなに強いとは……。対等に戦えないと悟った怜は、医局でみんなとバラバラになった後、ずっと一階のトイレに隠れて休憩していた。ここにいれば襲われることはないだろうという作戦だったのだが、しばらく考えたあげく、狭い場所が最も危険だと思い直し、こうして１０１号室にやってきたのだ。

あいつら今頃何をやってるんだ。誰もゲームオーバーにはなっていないみたいだし、必死にスイッチを探しているのだろうか。まあその作業は四人に任せて、俺は後々のために体力を温存しておくか。

怜はベッドに腰掛けて、暇を潰そうと銃を抜き取り、ただただ眺めていた。

普段みんなの前でクールを気取ってはいるが、実は相当ずる賢い性格だと自覚している。喧嘩は参加せず、最後の最後に現れる番長とでもいおうか、いつもおいしいところを持っていく。そして何でも一番でないと気が済まないたちだった。そのためには何でもする。友人だって何だって蹴落とせる。今一番のライバルは賢治だろう。運動神経は抜群だし、なかなかの悪だ。唯一自分と対等に張り合える人間だ。もしアイツがいなければ俺が頂点に上り詰めることができるんだが……。

銃を腰に戻した怜は、腕の機器を確かめた。するといつの間にか3まで点灯しているではないか。

そういえばここに4のスイッチがあったはずだが……。

ベッドから立ち上がり、患者用のテレビに歩み寄った怜は、「ほら」と呟いた。

これで次は5だと、スイッチに手を伸ばしかけてピタリと止めた。

待てよ。こんなにもスムーズにゲームが進んでしまったら面白くも何ともない。俺のために四人にはもっと動いてもらうか。

悪知恵を働かせた怜は、スイッチは押さずに101号室を出た。そして、侍骸骨に細心の注意を払いながら、二階へと上がったのだった。

怜が出て間もなく、飯田が部屋を訪れた。誰かが3を片づけてくれたので、自分が4を押そうと101号室に戻ってきたのだ。

全く、僕がいなければ何もできない四人なんだから。

三階へ行った時、既に廊下は煙で覆われていた。早く全部のスイッチを見つけなければ脱出できない。そのためにはリーダーの僕がしっかり働かなければならない。みんなだってこの僕を内心では頼りにしているのだから。

それにしてもこのアトラクション。噂には聞いていたがこれほどまでに凄いとは。これは家庭のテレビゲームでは絶対に味わえないスリルと興奮だ。こんなにも迫力があって一人五千円は何とも安い。今回は二万五千円の出費だが……。まあそれくらいの金額、僕にとったら痛くも痒くもない。何たって父親は大手会社の社長なんだ。僕の一ヶ月の小遣いをなめてもらっちゃ困る。カードだって使い放題なんだから。

飯田訓仁は幼い頃から両親に甘やかされて育ってきた。そのためか性格はひん曲がっており、これまで友達らしい友達は一人もいなかった。すぐにお金で解決しようとする癖がよくなかったのだろう。だが藤田たちと出会い、飯田の生活は変わった。向こうが金目的で誘ってきているのは分かる。それでも心のどこかでは嬉しかった。だからこうして彼らについてきている。いつもパシリ役だが……。しかし今日だけは僕の命令に従ってもらおう。ゲーマーの意地ってもんがある。料金だって払ってるわけだし……。とにかく僕がみんなを脱出させる。そのためにはまず、もう一度集まったほうがよさそうだ。バラバラになると何をしでかすか分からない四人だ。ゲームの達人とはいえ、クリアできなくなる。まずはこの4のスイッチを押してからだ。

4を点灯させた飯田は、満面の笑みを浮かべた。

「あと五つか。僕の手にかかればちょろいな」

飯田は自信満々で101号室を後にした。

「さて」

5のスイッチを探す前に集合だ。一階、二階にはまだ火の影響は出ていない。そう考えて彼らは三階から回っている可能性が高い。

「よし」

飯田は頷き、先ほど見つけた廊下の端にあるエレベーターに歩を進めた。今は余裕があるし、一度くらい乗ってみてもいいだろう。いちいち階段は億劫だし。

やはり誰かが三階まで上っている。表示が3で止まっているのだ。最初見た時は2だったのに。

飯田はボタンを押して、一応敵が来ないか警戒した。

大丈夫。全く気配は感じない。

チンという音と同時に扉が開いた。だがその時には遅かった。廊下のほうばかりに気を取られていた飯田が前を向いた瞬間、一気に鳥肌立ち、顔から血の気が引いていくのが分かる。エレベーターの中に侍骸骨が潜んでいたのだ。

荒い息遣いを繰り返しながら……。

「やばい！」

咄嗟に銃を取り出し、一発撃ったが、もはや手遅れだった。飯田は首根っこを片手で摑まれ、持ち上げられた。足をばたつかせ、銃を続けて発砲したが、それは無駄な抵抗でしかなかった。

「う……うぐぐ。だ、誰か！　誰か助けて！」

もう弾は切れている。引き金を引いてもカチッと乾いた音が鳴るだけだ。

どこからも援護射撃はなかった。

このままでは殺られてしまう。リーダーの僕が！

「おい誰か！　助けてくれ！」

暴れる飯田が凍り付いたのは、侍骸骨が刀を振り上げる動作をしたからだった。

嘘……だろ？　まさかこの僕が一番早くゲームオーバーに？

そう考えた時には目の前が真っ暗になっていた。飯田の首が斬られたのだ。

獲物をしとめた侍骸骨は、刀から滴り落ちる血を振り払い、不気味な息遣いを繰り返しながら、ゆっくりと廊下を歩いていった。

飯田訓仁。ゲームオーバー。

9

二階に誰もいないのをいいことに、怜は廊下でただウロチョロと様子を窺っていた。部屋にいる時に敵に襲われたら殺られる可能性が高いが、ここにいれば見つかってもすぐ逃げられる。それを繰り返していれば必ず脱出はできるだろう。

だがその計画は長くは続かなかった。

「おお怜。何やってんだこんなところで」

後ろから声をかけられビクッと振り返ると、そこには敏晃が怪訝そうな顔をして立っていた。

チッ。人が時間を稼いでいる時に現れやがって。

「よ、よお……お前一人か？」

平静を装ったつもりだったが、戸惑いは隠せなかった。

「おう。さっきまで……」

敏晃がその先を言おうとした瞬間、腕の機器が同時にピロピロと鳴りだした。何ごとかと二人は顔を見合わせ、液晶画面を確かめた。すると、緑色の光がパッとなくなったのだ。

「あ……消えた」

ということは、誰かがゲームオーバーに？

「おい、緑って確か……」

このゲームに絶対の自信を持っていたアイツじゃなかったか？　この僕がみんなを脱出させてやると言っていた……。

「飯田だ！」

そう確信した二人は、その場で腹をかかえて笑った。

「ははは！　超ウケル！　一番初めに死んでんじゃん！」

怜が声を張り上げる。

「だっせえ奴だな。何が僕の言うとおりに行動するんだ、だ」

顔をしわくちゃにさせ、敏晃は腹を痛そうに押さえている。

「笑いが止まらねえよ。敵に殺られたのかな」

「多分そうじゃねえ？　アイツが自分から降りるわけねえし」

「うおお！　その瞬間見たかった〜」

「うるせえのが消えてせいせいしたぜ」

二人はその事実を心の底から楽しんでいた。

飯田がいなくなっても、自分たちは痛くも痒くもないと思っていた。脱出方法は分かったし、それ以外に聞くことは何もないだろう。戦力にもならないし……。

「金払った奴が一番目とはな」

怜はほくそ笑む。

「今頃ゲーセンで悔しがってるぜ」

「だろうな。ゲームが終わったら罵（ののし）ってやろう」

また二人は一緒に笑った。今だけは敵を警戒することも忘れていた。ただ、飯田の傲慢（ごうまん）な鼻をへし折ってやった気分だ。

「ところで敏晃」

「あ？」

「さっきまで誰といたんだよ」

彼がさっき言いかけた言葉が気になった。

「ああ……憲希だよ。もうあんな奴どうでもいいけどな」

それだけでは理解に苦しむ。

「は？」

「訳の分からねえ子供連れてどっか行っちまうしよ」

「おいおい。どういうことだよ。ちゃんと説明しろって」

そう言うと、敏晃は複雑な表情を見せた。

「何かよ……このゲームちょっと変だぜ？」

「変て、何が」

「さっき三階の病室に入った時、新聞を見たんだ。そしたら日付が昭和六十一年にな
ってんだよ」

昭和六十一年？　なぜそんな昔の設定なんだ。そう言われてみれば病院の造りが古
い気がする。考えてみればテレビの型も。

「俺たちが生まれた年じゃねえか。でもどうして」

「知るかよ。しかもテレビでニュースが流れていたんだけどさ、この病院が火事になってることが報道されてるんだよ。これってゲームじゃなかったのかよ」

訳が分からず怜は聞き返した。

「はあ？」

「多分、ここのことだと思うぜ」

敏晃の話だけでは状況がよく把握できない。時代設定といいニュースといい、一体どうなっているんだ。

「で、憲希が子供連れてったって何なんだよ」

「そうなんだよ。一番訳が分からないのはここからなんだよ」

「だから早く教えろって！」

「三階の病室に入った時さ、突然現れた若い女が窓から飛び降り自殺したんだよ」

「いきなり何言ってんだよ。そんなの店員から聞いてねえぞ」

「本当だって！　憲希が止めたんだけど無駄だった。で、3のスイッチを押して廊下に出たら、今度は幼稚園くらいのガキが現れてよ」

実際目にしていない怜には、その場面がうまく想像できなかった。これはゲームのはずなのに、どうしてそんな人物が現れるのだ？

「憲希が色々聞いてたみたいだけど、一つだけ分かったのは、どうやら飛び降りた女の子供みたいでよ」

「それで？」

「さあ」

「さあってことはないだろ」

「だって憲希がどこかに連れていっちまったんだもん。罠(わな)か何かに決まってんのによ。だからそれ以上は知らねえよ。飯田がいたら少しは謎が解けるかもしれないけどな。ただ一つだけ言えるのは、このアトラクションは絶対に変だってこった」

結論はそれか。もう少し深く考えようとはしないのかコイツは。

「まあとにかく、早く全てのスイッチを探そうぜ。ちんたらやってても、ただ飽きるだけだからな」

「あ、ああ」

「なあ怜」

敏晃の話が気になっていた怜は空返事をした。

「うん？」

「あそこにある分娩室(ぶんべん)ってところに入ってみようぜ」

彼が指さしていたのは廊下の一番奥だった。あまり気が乗らない。もし敵に襲われでもしたら……。

「どうした？　嫌か？」

敏晃は挑発するようにそう言った。プライドの高い怜は拒めなかった。

「面白そうじゃん。行こうぜ」

二人はこうして歩きだした。

それにしてもさっきの話……。

どうも引っかかる。怜の頭では敏晃の話がグルグルと渦巻いていた。

分娩室に足を踏み入れた二人は、周りを見渡しながら奥へと進んだ。床がタイルになっているので、歩くたびにペタペタと音がする。

「てゆうかよ、分娩室って一体なんだよ」

敏晃の素朴な疑問に、怜は呆れた。

本当に知らないのか？

「妊婦が子供を出産する場所だろうが」

「へ～」

「そんくらい知っとけよ」

「だって俺、産婦人科が専門分野じゃねえもん」

「俺だってちがうよ。そもそもお前は何の専門なんだよ」

せっかく敏晃の冗談に付き合ってやったのに、敏晃はそれを無視して大声を上げた。

「ああ！」

本当はビックリしていたが、あくまで冷静に反応した。

「何だよ」

敏晃は分娩台を指さした。

「スイッチだ」

「何？」

本当だ。何番かは分からないが、ちょうど真ん中辺りに確かにある。

だからといって大声を出すな。敵に気づかれたらどうするんだ。お前一人がゲームオーバーになるぶんには構わないが、俺はそういうわけにはいかないんだ。どんなことでも俺は勝たないと気が済まないんだ。

「何番だろうな～」

スイッチを発見したのがよほど嬉(うれ)しかったのか、敏晃は軽快な足取りで確かめに行った。すると、先ほどよりも更に大きな声が分娩室に響いた。

「おおお！　ラッキー。5だぜ！」

怜は思わず怒りをぶつけた。

「おい！　うるせえよ！　敵にバレるだろうが！」

訳が分からないといった様子で敏晃は振り返った。

「なにムキになってんだよ。怜らしくねえ」

そこでようやく怜は冷静でない自分に気づいた。

「い、いや、ゲームオーバーになったらつまらねえじゃん？　せっかくのゲームだ。楽しまねえとな」

怜の性格からしてかなり無理のある言い訳だったが、この場は仕方なかった。

「そう？　別に俺はそれでもいいけどね。自分で金を払ってるわけじゃねえし、損した気分にはならねえだろ」

だったらリタイアでも何でもしろ、と反論はしなかった。クールなイメージだけは崩したくない。

「飯田や憲希のように入れ込んだって疲れるだけだぜ？　適当が一番。適当がな」

「まあな」

とだけ答えておいた。

「それにしても、憲希が連れてるそのガキ……」

さっきからそればかりが気になっている。関係ないはずの子供がどうして？　その母親の自殺、そして時代設定。何かあるとしか思えないが、考えすぎか？　敏晃の言うように罠か。それともただのアトラクションで何の意味もないのか？　仮に罠だとしても、それはそれで別にいい。俺には関係ない。爆弾を抱えているのは憲希ってことになるんだから。

「おい聞いてるのかよ。そのガキ……」

「聞いてるよ。もういいだろ憲希のことはよ。放っとけよ」

そう言って、敏晃は5のスイッチを押した。そして、次は6だなと呟（つぶや）いた。もう少し子供について知りたかったが、敏晃の口からはこれ以上出てこないだろう。もし憲希と会ったら、色々と聞けばいい。

「出ようぜ怜」

「ああ」

二人は扉に向かって歩きだした。もうこの部屋には用はないと怜自身思っていた。が、あるところが気になった。生まれたばかりの赤ん坊の体重を計る体重計だ。他にも、お湯をためる大きなたらいや、何十枚となく重ねた白いタオル、ベビーベッドなど、目につくところは色々あるのだが、体重計にだけ、目立つように青い布きれが被さっているのだ。しかも、妙に盛り上がっている。

「何だあれ？」

敏晃が近づいていく。怜はすぐ後ろについていった。布を取った瞬間に爆発でもするのではないだろうかと危惧したが、注意を促す前に敏晃は大胆にも一気にめくっていた。するとそこには、今二人が持っている武器よりも明らかに威力のありそうなマシンガンが置かれていた。最初に持っていた単発の銃よりも連射のほうが撃っていても面白いだろう。

敏晃がマシンガンに見とれているうちに、横から怜が手を伸ばした。

「ああ！　ふざけんなよ！　俺のだぞ！」

すかさず文句が飛んできた。

「お前のじゃないだろ」

「俺が最初に発見したんだよ！　返せよ！」

「これは俺が使う。諦めろ」

これがあれば最強だ。侍骸骨とも対等に戦えるかもしれない。

「返せって！　おい返せよ！」

「うるせえ奴だな」

「だったら返せよ！」

あまりにしつこいので、こうすることにした。

「仕方ねえな。じゃあ、ジャンケンだ」

俺のものだと強く主張しているので、そう簡単に乗ってくるとは思わなかったが。

「よし！　上等だ！」

案外あっさりとうまくいった。これでマシンガンはほぼ百パーセント手に入るだろう。

「最初はグー。ジャンケンポン」

怜の作戦は見事成功した。敏晃が最初にグーを出すのは、普段からの癖だった。

「よし。これで文句はねえな」

早速マシンガンを肩にぶら下げ、撃つ時の動作を確かめる。

「ふざけやがって！　くそ！　本当は俺のだったのに」

勝負がついてもまだブツブツ文句を言っていた。その姿を見て、怜は口を歪(ゆが)めた。

馬鹿め。だてに長くつき合ってないんだぞ。

「さあさあ、行くぞ、ほら。6のスイッチ探しに行くんだろ？」

敏晃に声をかけると、ふてくされた声が返ってきた。

「わかってるよ。うるせーな」

こうして二人は分娩室を後にした。

「よし。ここで一旦別れよう。二人で同じ場所を探したって意味がねえ」

そう提案したのはもちろん怜だった。一緒にいたら自由に行動できない。俺は高みの見物をさせてもらう。

「こんなつまらねえゲーム、俺がすぐに終わらせてやるよ」

敏晃はすっかり機嫌を悪くしてしまっていた。じゃあ、とも言わず、怜に背を向けて行ってしまったのだ。

よし。安全な場所でも探しに行くか。

それにしてもいい武器を手に入れることができた。マシンガンを使えるのはこの俺だけだ。

怜の頭の中では、憲希が連れている子供のことなどすでに消えてしまっていた。

10

ゲームが始まってから一体どれくらいの時間が経過したのだろう。

とうとう初の脱落者が出た。飯田のカラーである緑が消えたのだ。敵に殺られたか、それ以外に何かあった？　それにしても馬鹿な奴。リーダーを気取っていた割には一番早く死んでるじゃないか。ああいうのに限って全く役に立たないんだ。

「情けねえ」

これで四人になったわけか。どうでもいい奴らが残っているのか。でもむしろ、やりやすくなったのかもしれない。性格はバラバラで実は仲が良いのか悪いのか分からないが、結束した時は恐ろしいほどの力を発揮する。喧嘩だってバイクの窃盗だって、息が合えば怖いものなしだ。別に今、彼らに力を貸そうとは思わないが……。

それにしてもあの馬鹿ども、一体どこへ行きやがった。医局で離ればなれになり、そのあと憲希と敏晃に会って以来、誰とも遭遇していない。5が点灯したのだからこの中のどこかにはいるはずなのだが。まあいい。俺は俺だ。

5から6に頭を切りかえた賢治は、初めて三階にやってきた。さっきまで一階と二階を交互に行き来していたので、意識していたわけではないのだが、三階へは上っていなかったのだ。でも、来ないほうがよかったのかもしれない。四階へ通じる階段からは炎が噴き出しており、三階の廊下も火と煙で覆われている。顔が熱い。もうほとんど先が見えない状態だ。まだ前へは進めるが、慎重に歩かなければ服に火が燃え移る恐れがある。ここが全焼するまであとどれくらいの余裕があるんだ？

引き返そうか？　と考えたがそれはできなかった。もし6や7、その先のスイッチが三階に残っていたらどうする？　手遅れになる前に、動ける段階で発見しておいたほうがいいだろう。今は敵もいないみたいだし、早く行動しよう。

どちらかといえば怠け者の賢治が意外にも積極的だった。

目や鼻を両腕で隠し、激しくせき込みながら賢治は授乳室に入った。部屋の造りはシンプルだった。ただ黒い長椅子が三つ並んでいるだけで、その他にはゴミ箱くらいしかない。一番印象が強かったのが、壁に描かれたディズニーキャラクターだ。一つひとつをついじっくりと眺めてしまった。それにしても、現在のミッキーマウスと全然違うような気がするが。これはいつの時代の顔だ？　病室のテレビも古くさいし、何だ、この妙な違和感は？

早く6を探さなくては。とはいえ、目立つものが何もないこの部屋にスイッチがないのは明らかだった。その代わり、賢治は他の収穫を得た。いや、それが今後の展開に役立つかどうかは分からなかった。

それはマイクくらいの大きさだった。長椅子の下に、長方形の黒い箱が置いてあったのだ。何だろうと手に取ると、意外に重い。振ってみるとカタカタと音がする。一番気になったのは、ドクロのマークと、その下に赤で書かれている「DANGER」という文字……。

「危険……」

中に入っているものが？　それとも……開けると？

どっちだ。それによって運命が大きく変わる。

開けた瞬間に爆発したらどうする？　忽ちゲームオーバーだ。そんな終わり方は、飯田以上に格好悪すぎる。

「開けてみるか……」

その時、賢治は最悪の展開を予想した。

「いや、やっぱまずいか」

慎重になりすぎているのか。珍しく弱気になってしまった。もう少しの間、このゲームを楽しみたい。だが、ここに放置しておくのはもったいない。いずれ使う時が来るかもしれないと、賢治は左ポケットに大事にしまい、授乳室の扉を開けて外に出た。

次に入ったのは303号室だった。これまでに入った病室とほとんど変わらず、ただベッドの数が四つと少ないだけだった。とにかく早くスイッチを探さなければ部屋まで火が回ってきてしまう。それに侍骸骨が襲いにでも来たらまずいことになる。全く逃げ道がないし、正直一人では太刀打ちできない。アイツらがいたからって何が変わるわけでもないが。

「うん？」

すぐに賢治は部屋の真ん中に落ちているものに注目した。

あれは何だろう。オモチャか何かか？

歩みを早め、それをつまみ上げた。

「キーホルダーか」

青色のハートの形をしたキーホルダー。真ん中に白い字で可愛らしく「アキラくん」と書かれてある。どこかのお土産か？　何となく懐かしい気がする。自分もこんなようなものを買った憶えがあるが……。

「いらね」

そう言ってそれをポイと投げ捨てた。が、その直後に思い直した。やっぱり持っとこう。何かが気になっているのだ。賢治は再びキーホルダーを拾い、先ほど見つけた黒い箱が入っているポケットとは反対側に入れた。

すぐにスイッチ探しを再開する。動くたびにキーホルダーの鎖がチャラチャラとうるさかった。

ベッドの周りにはない。ついでに下のほうも覗いたが見つからなかった。壁にも、閉まっているカーテンを開いたが窓にも。外を見ると煙だらけで何も見えない。

「ね～な～、おい」

だらけた声を出しながら、扉のほうに身体を向けた。その瞬間、賢治の表情が輝いた。

あ、あれは……。

扉のすぐ横に配膳車があり、その一番下の段にそれらしきものが置いてあるのだ。入った時は死角になっており、配膳車があることすら気づかなかった。

歩み寄り、確認してみると、やはりスイッチだ。しかも探し求めていた6番だった。

「よっしゃ！　ラッキー」

これで残り7、8、9の三つだ。絶対に脱出してやる。賢治は力強く6番を押した。

そして、警戒することなく扉を開けた。その瞬間、慌てて部屋に戻った。

「あ、危ね～」

冷や汗をかいた。心臓が張り裂けそうだ。

侍骸骨が隣の302号室に入ろうとしていたのだ。火の燃えさかる音と煙のおかげで危険を回避できた。振り向かれたら狙われていただろう。

バタン。廊下から扉の閉まる音が聞こえた。

よし。今のうちだ。

賢治は急いで303号室を出たのだった。

11

「静かに……じっとしてるんだ」

憲希がそう囁く(ささや)と、体育座りの子供はコクリと頷い(うなず)た。

302号室のクローゼットの中に隠れていた憲希は、隣にいる子供の肩をギュッと抱いた。隙間から侍骸骨が入ってきたのが見えたのだ。

ずっとここにいるのも、もう限界か！

いや大丈夫。大丈夫だ。

二人は息を潜める。左肩の痛みが辛(つら)いが、口で呼吸はできない。唾(つば)をのみ込む音すら怖い。額から汗が滴り落ちる。動悸(どうき)の激しさが外にも聞こえそうだ。叫び声を上げてここから飛び出したい！

子供が心配そうにこちらを見つめる。憲希は顔を引きつらせながら、大丈夫というように頷き安心させてやった。そして、子供の肩を更に力強く抱きしめた。隙間から確認しても、今は侍骸骨の姿は見えない。ただ気味の悪い息遣いだけは聞こえてくる。奥のほうでウロウロしているのだろう。

早く部屋から出ていってくれ。我慢の限界だ。全身に汗が滲(にじ)んでくる。二人の熱気で中が蒸し暑い。息苦しい。

ううう……ううう……という声を洩(も)らしながら侍骸骨がこちらに近づいてくる。憲希の心臓の音が速まる。口から飛び出してしまうくらいに暴れ回る。

頼む。来ないでくれ。頼むから。

侍骸骨が目の前で立ち止まった。

子供の震えが手に伝わる。憲希は覚悟を決めて目を瞑(つぶ)った。

出ていけ！

侍骸骨は辺りを行ったり来たりしている。

それからしばらくの間、緊迫した状態が続いた。

早く行け！

憲希のその想いが通じたのか、侍骸骨はこちらに背中を向け、ゆっくりと部屋から出ていった。

「ふ〜」

二人は同時に安堵(あんど)の息を吐いた。肩から力が抜けていく。

危なかった。この子も殺されるところだった……。

「もう大丈夫だ。よく頑張った」

誉めてやると子供は小さく頷いた。そしてようやく笑顔を見せた。その時憲希は改めて思った。子供は可愛い……と。ゲームの中であろうがそれは変わらない。この子を見捨てていけなどと言う敏晃の気持ちが分からない。アイツには可哀想という感情がないのだろうか？

予想外の事態に最初はもちろん驚いた。女性の突然の死。そして子供の登場。設定にはなかったのだから。だが、見て見ぬふりはできない。飛び降りた女性が母親だと知ったらなおさら、放っておけないだろう。正直、この子は一体何なのだろうとは思うが、それを深く聞いても答えは返ってこないだろう。ゲームのために作られた人間なのだから。ただ気になるのは、なぜ昭和六十一年なのかということだ。別にどの時代でもいいはずなのに。そう考えると、あの母親とこの子供には何か深い意味が隠されているのではないか、とも思ってしまう……。飯田に聞けば何か分かるかもしれなかったが、あいにく奴はゲームオーバーになっている。これはゲームの一部なんだと頭の中で分かってはいるが、推理しているうちに、ここが現実世界のような錯覚を起こしてしまう。とにかく今言えるのは、ゲームに関係あろうがなかろうが、この子と一緒に脱出するということだ。絶対に俺が守ってみせる。

「苦しくないか？」

狭い場所に隠れているため酸素が薄い。二人とも肩で息をしている。

「大丈夫」

「よし」

「ねえ、お母さんは？」

その質問に言葉を失ってしまった。母親が窓から飛び降りたシーンが頭の中で蘇る。

どう答えたらよいのだろう。

「ねえねえ」

と服を引っ張られる。

「大丈夫。もう外に逃げたよ。心配しないで」

気軽さを装って言っても、子供は何か思うところがあるらしい。安心した表情を一つも見せない。

「そ、そうだ。名前、聞いてなかったよね？　何ていうの？」

下を向いていた子供は顔を上げた。

「アキラ」

「いい名前だね」

アキラは全く嬉しそうではなかった。

この質問には、どう答えるだろうか。

「ここで何をしてたの？」

気がついたらここにいた、とでも言うだろうかと思ったが、その予想は見事に外れた。

「弟の顔を見に来たんだ。そしたら病院が火事になっちゃって」

「弟？」

「そう。この前、生まれたばかりの」

「生まれたばかりの弟……か」

出産して間もない母親はこの病院に入院していた。そして赤ん坊を見るために、この子はやってきたってわけか……。

ゲームにしてはよくできた設定だと憲希は感心してしまった。

いやちょっと待てよ。ということは……。

「アキラ君の弟も助けてあげないとダメじゃないか」

するとアキラは、

「そうだよ」

と当たり前のように言った。

「名前は？」

「分からないよそんなの。生まれたばかりなんだから」

そんな返しをされるとは……。全くどっちが年上なんだか……。

「そ、そうだよな」

憲希は苦笑する。

「うん。これから決めるんだ」

「赤ちゃんは何階にいるか分かる？」

「分かるよ。一階の新生児室だよ」

一階か……。まあ何とかなるだろう。

「そうか。ならすぐに助けに行かなきゃな」

でも、まだもう少し待ったほうがいいかもしれない。侍骸骨（がいこつ）が三階をうろついていたら助けに行くどころではなくなる。左肩だって負傷しているわけだし。

「タイミングを見計らってここを出よう」

そう言い聞かせてもアキラは何も聞いていなかった。右袖（そで）をめくり、腕を掻（か）くことに集中している。うっすらとしか見えないが、大きな痣（あざ）が……いや、これは火傷（やけど）の痕（あと）か？　腕の半分くらいあるが……。これは聞いてもいいのだろうか。何だか可哀想で聞きづらい。この子にとって辛い過去だったらどうしよう。

また現実と錯覚している。

「ねえお兄ちゃん」

憲希は慌てて火傷の痕から目をそらした。

「な、何？」

　と笑顔で取り繕う。

「僕……キーホルダーどっかに落としちゃった」

「キーホルダー？」

　それはさすがの憲希でさえ、どうでもいいだろうと思った。今の状況からしてそんなの探している暇はない。

「どんなやつ？」

　一応聞いてみた。

「ハートのやつ。僕の名前が書いてあるんだけど……」

「大事な……ものなの？」

　うん、と言われたら困る。

　アキラは、こう答えた。

「お母さんから貰（もら）ったんだ。だから大事なの」

　憲希は息を詰まらせた。

　死んだ母親からのプレゼント……。形見というわけか。

　見つけてあげなければ、いけないい気がする……。

三階の踊り場から煙が二階へと下りてきた。廊下が少しずつ白く覆われていく。そういえば多少息苦しくなっている。刻一刻とタイムリミットが迫ってきているということか……。一体、三階は今どういう状況なんだ。二階にまで煙が回ってきているということは、もうすでに足場もないほどに？　まあいい。ダメならダメで、諦めればそれで……。

ゲームは終盤を迎えていた。誰かが6のスイッチを押したのだ。次は7だ。もう三階へは行けない。この煙の量からすると上の階は酷いことになっているだろう。そんな危険を冒してまで脱出しようとは思わない。憲希のように本気になっていたら疲れるだけだ。

ただ、さっきのマシンガンはもったいなかった。ジャンケンに勝っていれば俺は最強になれたのに……。

クソ。怜の奴……。今頃派手に動いてるんだろうな。後で見つけたら奪い取ってやろうか。どういう反応するかな？　クール・ガイの怜も怒るだろうか。やってみる価値はあるかもしれない。

とりあえずスイッチを探していた敏晃は、二階のオペ室に入った。薬品の独特の臭いが鼻につく。妙に薄暗いのが不気味だった。こちらは分娩室とは違い、心電図やら酸素ボンベやら専門の機材がひしめいている。敏晃は珍しそうにそれらを見回しながら歩を進めた。ここで病人が腹を切り裂かれるのかとグロテスクな場面を思い浮かべていると、床に落ちている数枚のカルテを見つけた。

「何かこえ～な」

そう呟(つぶや)きながら中身を見てみる。専門用語ばかりが並べられていて、どういう症状なのか理解すらできない。

「何だこりゃ」

意味のないものを拾ってしまったと、敏晃はカルテを投げ捨てた。

ここにスイッチはあるのだろうかと、再び様々な場所に目を凝らす。そして手術台に目を向けたその時だった。ガラスケースらしき小さなものが置いてあるのが分かる。

スイッチか！　と一瞬思ったが、どうもそうではないらしい。何だろうと近づいて覗いてみると、ガラスケースの中に、やはりスイッチがあるのだ。しかもお目当ての7だ。これはゲームだからだろうか、自分の思いどおりにことが進んでいく。7を探そうと思って入った部屋にすぐにあるなんて、うまくいきすぎて逆に変に感じるが。

これを押せばあと二つ。脱出が見えてきた。しかし、すぐに外せると思ったガラスケースが手術台にくっついていてなかなか取れない。

「あれ？　おい！」

強引に引っこ抜こうとしても無理だった。手術台まで一緒に動いてしまいそうだ。

「おいおい、ふざけるなよー」

獲物を目の前にして、引き下がるわけにはいかない。敏晃は仕方なく銃を取り出し、ガラスケースに向け発砲した。それでも、全くビクともしなかった。せっかくの弾を無駄にしてしまった。

「くっそ」

スイッチは目の前なのに、と歯痒さを感じる。

「おいどうすんだよ～」

投げやりな声を発しながら何歩か後ろにさがると、手術台の横に板チョコくらいの大きさのデジタル時計がはめ込まれていた。

13:50と赤く表示されている。今もしっかりと秒数は動いている。この時初めて現在の時刻を知ったわけだが、気になったのはその上の八つの0だった。四つ、二つ、二つ、で区切られているのだが、セットされていないためか点滅を繰り返しているのだ。

これは一体何なんだ？

そう思ったのも束の間、敏晃の中ですぐに答えは出た。こうして区切られていると
いうことは、ここは西暦と月日を意味しているのだと。

その真横に小さなボタンがあるが、これでセットするのか？

それにしたって……。

「そうか」

敏晃は憲希と見た新聞を思い出した。

昭和六十一年……。

「俺の生まれた年だから……１９８６」

とボタンを押した。

「何月何日だったたっけな……」

そこまでハッキリとは覚えていなかった。

「確か……」

と呟きながら、１１０２と声を出して確認しながらセットした。自分の誕生日に近
いので辛うじて思い出せたのだ。すると、ピーという音の後、カチャッと鍵の外れる
ような音がした。まさかと思いガラスケースを持ち上げてみると、さっきまでの苦労
が嘘のように簡単に取り外すことができた。

「よっしゃ！」

ミッションをクリアしたようで嬉しかった。敏晃は早速、7のスイッチを押してみた。その瞬間、ドンという激しい爆発音が響いた。床が揺れたのは気のせいだろうか。

「うお！　何だよ！」

敏晃は驚いて天井を見上げる。パラパラと砂礫が落ちてきている。まさかこのスイッチを押したせい？　とにかくオペ室から出なければ……。そう決めて廊下に出た敏晃は仰天した。先ほどまでの光景が、ガラリと変わっていたのだ。うっすらとした煙に覆われていただけの廊下が、今では炎に包まれているのだ。

「何だこりゃ！」

黒煙に襲われ敏晃は激しくせき込んだ。目もあまり開けられない。辛うじて通路は残っているが、ゆっくり歩いている余裕はない。

最初から7を押した時点でこうなると決まっていたのか。こんな状態で8と9をどうやって探せっていうんだ。

「くそっ！」

吼えながら敏晃は走りだした。全身がもの凄く熱い。ようやく階段まで辿り着いたと思った矢先だった。燃えさかる三階の踊り場から、侍骸骨が現れたのだ。

「うお！」

咄嗟に銃を取り出し、一発食らわす。奴は一瞬よろけるが全く効かない。大きな刀を片手にずしりずしりと階段を下りてくる。ここは逃げたほうがよさそうだ。そう決めた敏晃は、両脇が炎に占領された階段を、手で顔をかばいながら急いで駆け下りたのだった。

12

何だ、この音は！

爆発したような、そんな感じだった。

腕の機器を見る限り、誰も死んでいない。みんな無事のようだ。それよりもまず、何が起きたのか状況を把握しなくては。

「お兄ちゃん」

アキラの心配そうな声。

「大丈夫。守ってやるから」

憲希がそう安心させてやると、アキラがこう言った。

「弟を……助けに行ってくれる？」

憲希は返事に詰まった。今ここを出ていって大丈夫だろうか？　爆発音が気になる。タイムリミットが迫っているという合図だったのだろうか……。もしそうだとしたら、一刻も早く部屋を出ていかなければならない。そして一階の新生児室へ……。

「よし！　行こう」

決意は固まった。

元気よくアキラは頷く。

「その後にちゃんとキーホルダーも探してあげるから」

「お母さんは大丈夫かなぁ？」

それにはこう答えるしかなかった。

「無事だよ。絶対に」

二人は熱気のこもったクローゼットから出た。そして、302号室の扉を開けた途端、憲希の顔に炎が襲いかかった。

「うわ！」

叫び声を上げ一歩下がる。

「お兄ちゃん！」

「ま、マジかよおい……」

慎重に部屋を出た二人は廊下の光景を見て啞然とした。辺り一面、火の海と化しているのだ。勢いは凄まじく、天井にまで達しようとしている。これでは階段まで行くのさえ苦しいかもしれない。まさか隠れている間にここまで火が回っているとは……。

この状況で、赤ん坊を助けられるだろうか。キーホルダーなどと言っている場合ではなくなった。残りのスイッチ8、9と脱出を目の前にして、最大のピンチだ。まずは三階から逃げ出さなくては。

「どうするの？　お兄ちゃん」

不安な表情を浮かべるアキラに、憲希は言葉を返してやれない。

何が何でも俺はこの子と赤ん坊を助けると誓った。自分を犠牲にしてでも……。

「よし」

覚悟を決めた憲希は部屋の手洗い場で水を思いきり出し、髪の毛と服を濡らした。

「どうするの？」

そう聞かれ、憲希は言った。

「決まってるだろう。助けに行くんだ。弟を」

「でも……こんなに火が」

憲希は親指を立てて笑顔を見せた。

「任せろって」

母親を亡くしたこの子から、弟まで奪ってはいけない。それだけはしたくない。

現実世界と錯覚していると分かっていても……。

「よし！　アキラ。ずっと目を瞑ってろ」

そう指示すると、アキラは言われたとおりにした。

「お兄ちゃん？」

「大丈夫。ここにいるから」

そう言って憲希は迷彩服の上着を脱ぎ、それでアキラを包んだ。そして右手だけで抱え上げ、燃えさかる炎を前に深呼吸した。

怖い。身体が微かに震えている。だが仕方あるまい。この中に突っ込もうとしているのだから。でもやるしかない。どうしても逃げるわけにはいかないんだ……。

「お兄ちゃん？」

服でこもったアキラの声。

「少しの間、我慢してろ！」

強く言い聞かせた憲希は、

「あああああ！」

と大声を上げながら、負傷している左肩と腕を顔にあて、火の中に飛び込んだ。

「うおおおおお！」

全身に炎が襲いかかってくる。熱い。黒煙が前方の視界を邪魔する。呼吸するのが辛（つら）い。

時間との勝負……。

憲希は部屋を出て左に走っていた。突き当たりにエレベーターがあるのだ。反対側に進めば階段があるのだが、下手したら一階まで辿り着けないかもしれないと考え、一か八かの勝負に出たのだ。

「お兄ちゃん」

アキラの声が微かに聞こえた。心配してくれているようだ。だが今の憲希に言葉をかけるだけの余裕はなかった。体力も限界に近い。ただがむしゃらに火の中を走るだけだった。

もう少しだ。エレベーターまで後ちょっと。二十メートル。十メートル。扉がようやく見えた。これで一階に向かうことができる。そう期待を込めた時にはもうエレベーターの前に到着していた。憲希はすぐに左手でボタンを押した。

「大丈夫だぞ、アキラ」

と声をかけ、階数表示を確認した。その途端、憲希は愕然とした。何ということだ……。全く作動していない。どこかしら数字が光っているはずなのに、消えているのだ。

故障……か。

憲希は小刻みにボタンを押した。が、結果は変わらなかった。

「くっそ！」

思いきり扉を蹴る。

「どうしたの？」

憲希は階段の方向に身体を向けていた。

「ねえ、お兄ちゃん？」

考える前にもう足が動いていた。火柱を掻き分け、憲希は全力で走る。顔や手を、火傷しようが……。

『もう少しだ！』

脳裏に、父の声が強く響いた。

『もう少しだぞ憲希！　頑張れ！』

　無意識のうちに、あの日のことを思い出していた。小学一年生の頃、包丁で遊んでいた憲希は、誤って自分の人差し指を第一関節から切り落としてしまった。切断された部分がコロリと落ち、指からは大量の血が溢れ出た。泣き叫ぶ声にいち早く気づいた父は憲希を抱きかかえ、病院まで全力で走った。あの時はもうダメかと思ったが、父の迅速な判断と医者の技術で、指は元どおりに治った。今ではもう傷痕もない。怪我をしたのが嘘と思えるくらいだ。父の……おかげで。

　でもその父が、中学に入ったと同時に病気で亡くなった。悲しみに耐えきれず、憲希は一晩中涙を流した。そして自分を病院まで運んでくれた父の姿を何度も何度も思い出した。そして誓ったのだ。困っている人や弱い人を助けられる人間になろうと。人一倍正義感の強かった父のように……。

「もう少し我慢しろ！」

　自分に言い聞かせるように、服に包まれたアキラに声をかける。顔や上半身は煤で真っ黒だ。左腕は傷と火傷でほとんど感覚がない。

　目の前の黒煙を掻き分けると、ようやく階段が見えた。

「……よし！」

とうとう階段にまで辿り着いた。そして一段、二段と下り、踊り場までやってきた
その時だった。二階から、侍骸骨が上がってきたのだ。奴にはもう気づかれている。

どうしてこんな時に限って！

「くそが！」

後ろを振り向き、引き返そうとした瞬間、天井がもの凄い勢いで焼け落ちた。憲希
の足が竦む。完全に退路を絶たれてしまった。

「お兄ちゃん！」

異変に気づいたのか、アキラが叫ぶ。侍骸骨は一歩、また一歩と近づいてくる。

俺は……。俺はこの子すら救ってやることができないのか……。

もうダメか！

諦めかけた、その時。

「おい憲希！」

二階の廊下、侍骸骨の後ろに賢治が現れたのだ。

「フジケン！」

希望の光は、まだ消えてはいなかった。

憲希は服に包まれたアキラを見た。この子を、彼に任せようと思った。

「何やってんだお前！　早く逃げろって」

賢治の位置からは、三階に通じる階段が塞がれているのが分からないようだ。

それよりも早くアキラを。

「フジケン！　この子を頼む！」

そう言って、憲希は服に包まれたアキラを投げた。

「うお！　何だよ！　こ、子供じゃねえか！　誰だよこのガキ！」

「いいからその子と一緒に一階の新生児室へ行け！　その後に、その子のキーホルダーを探してやってくれ！　いいな！」

突然、子供を投げ渡されてパニックに陥っていた賢治に、きちんと伝わっただろうか。

「おい！　ちゃんと説明しろって！　どうなってんだ、おい！」

「いいから早く逃げろ！」

それが憲希の最後の言葉となった。目の前に巨大な敵が立ちはだかった。腰に手を伸ばしかけたが、もう銃を取り出しはしなかった。憲希はただ、目をギュッと瞑った。

頼むぞ……。

侍骸骨は、大きく刀を振りかざした。

仲松憲希……ゲームオーバー。

13

血を噴き出しながら倒れていく憲希に、さすがの賢治も啞然とした。彼に託された子供を抱いていることも忘れてしまっていた。

「憲希！」

「お、おい……」

動かないが、死んだのか？

突然、腕の機器が鳴る。確かめるとピンク色が消えた。憲希がゲームオーバーになったのだ。これで残り、三人。

立ちこめる煙に巻かれながら、賢治は子供としばらく見つめ合う。汚れのない無垢な瞳に吸い込まれてしまいそうだ。

「どういうことなんだ……」

なぜゲームに関係のない子供が病院内に？　答えなど想像もつかない。あの店員、敵以外のものが出てくるなんて言ってなかったよな……確か。

考え込んでいた賢治がハッと顔を上げると、憲希を殺した侍骸骨がこちらをゆっくりと振り向いていた。距離には十分の余裕がある。ここはひとまず、逃げたほうがよさそうだ。憲希の迷彩服に包まれた子供を抱きかかえながら、うまく火をよけ、賢治は一階へと階段を下りたのだった。


二階、三階ほどではないが、一階の廊下にもすでに火が回っていた。とりあえず状況を把握しようと、１０３号室の扉を開いた賢治は、敵がいないことを確かめて中に入った。壁に張りつき、まずは大きく一息ついた。動きを止めると全身から汗が流れ落ちる。普段運動をしていないせいか、体力の消耗も激しい。呼吸を整えるのにしばらくの時間を要した。

落ち着いた賢治は、子供を床に下ろし、いきなり乱暴な口調で聞いた。

「お前どこから入ってきたんだ」

言ってからすぐに自分の質問がおかしいことに気づく。これはゲームだ。どこからも何もないだろう。

「お前は一体、誰なんだ。なぜここにいるんだ？」

そう問いかけても、子供は口を開かなかった。このガキ……無愛想だな。

「おい。何か言えって」

相変わらずこちらの目を見るだけで反応はない。もしや外見だけで俺のことを警戒しているのだろうか？　そうだとしても仕方ないが……。

それにしても困った。このまま放っておいてもよいのだろうか。憲希がいれば事情を聞くことができるんだが、アイツはもういないし……俺はこの子をどうすればいいんだ？　ゲームに関係しているのだろうか？　それともただゲームセンターの店員が何か操作を誤った？　そんなこと……。

「そうだ」

その時賢治は、死ぬ直前の憲希の言葉を思い出した。混乱していたのと、炎の音であまりよく聞き取れなかったが、どこかに連れていけと。それとキーホルダーがどうのこうのって言っていた気がする。もしや303号室で拾った、「アキラくん」と書かれたハート形のキーホルダーのことだろうか？

「なあ……もしかして、これ探してる？」

ポケットから出して子供に見せると、ようやく反応が返ってきた。ほんの小さく頷(うなず)いたのだ。

「やっぱりそうか。じゃあ、ほれ。返してやるよ」

そう言って、キーホルダーを手渡した。すると子供はうっすらと微笑んだ。

拾った時は疑問に思ったが、そうか、コイツのだったのか。

「アキラっていう名前なのか？」

「うん」

「やっぱりな」

賢治は納得した。

「で、お前このゲームに何か関係があるのか？」

その質問にはやっぱり答えなかった。

「もー、何なんだよ。じゃあこんなところで何してたんだよ。どこへ連れていけばいいってんだよ」

賢治の苛立ちが伝わったのか、アキラは怖がって口を開かなかった。

参ったな。俺は理由も分からないまま、この子供とずっと一緒に行動しなきゃいけないのだろうか。

賢治はボリボリと頭を掻いて結論を出した。

「まあいいや。とにかくさ、俺たちはここから脱出しなきゃいけないわけ。分かる？

ゲームの最中なんだよ」

　アキラは首を傾げる。

「だから邪魔はするな。その約束ができるなら一緒に連れていってやる。俺はこれからここでスイッチを探すから、その間、お前はじっとしてるんだ。いいな？」

　半強制的にアキラを頷かせた。

「よし」

　これでいいだろう、と賢治は部屋の中を探し回った。初めのうちは全てのスイッチを見つけるのは大変だと思ったが、気がつけば8、9と残り二つだ。タイムリミットが刻一刻と迫っているようだが、何とか脱出できそうだ。ミッションをクリアしてゲームセンターに戻ったら飯田の前で思いきり自慢してやろう……。

「どこだどこだ〜」

　ゴールを目前に感じ、機嫌をよくした賢治は軽快にステップを踏む。病院内の状態がどんどん悪化しているにもかかわらず……。

「ねえなー」

　期待とは裏腹に、残り二つのうちの一つがそう簡単に出てくるはずもなかった。それでも見つけられる自信はあったが。

「おい、アキラ」

ベッドの下を覗き込みながら賢治は声をかけた。またお決まりの無視だった。

「ボーッと突っ立ってねえでよ、お前も探すの手伝えって」

少しきつめに言ってもやはり返事がない。

「おい、聞いてるのかよ」

さらに強く言いながら立ち上がって振り返ると、さっきまでいたはずのアキラの姿がどこにも見当たらなかった。

「あれ？　おいアキラ」

名前を呼んでも出てこない。どこかに隠れてしまったのか？　俺に見つけてほしいってか。隠れん坊してる場合じゃねえんだぞ。

「おい。ほら出てこいって」

何だかんだ言いながらも、賢治は隠れられそうなところを全て確認した。しかし、結局アキラは見つからなかった。スイッチを探している隙に、部屋から出ていってしまったようだ。一体、何を考えてるんだあのガキ……。

「全く勘弁してくれよ～」

賢治は思わずうなだれてしまった。

「まあいっか。俺には関係ねえし。人を頼る憲希が悪り～んだ」

そうはいうものの、心のどこかで気になっている。この部屋に8のスイッチはなかった。どうせ次の場所に移動するんだ。あのガキもついでに……。

「何かゲームが違う方向に進んでいるような気がするんですけど」

と独り呟いた。

「世話のやけるガキだぜ。全く……」

賢治は首の骨をぽきぽきと鳴らしながら部屋から出たのだった。

14

残り二つか……。今の状況からすると、もうあまり時間はなさそうだ……。

とうとう俺様が動く時が来たようだな。

廊下の柱の陰から様子を窺っていた怜が、マシンガンを片手に煙の中から現れた。

敵はいない。一階に下りていったのをちゃんと確認している。脱出までもう少しだ。

俺がおいしいところを全て持っていってやるぜ。

でもまさか憲希までやられるとはな。賢治が階段の辺りで叫んでいたのはそのせいか。もう少し俺のために頑張ってもらいたかったが仕方ない。あとは任せてもらおうか。

冷笑を浮かべながら、怜は目の前にある一室に入った。部屋にかかっているプレートが焼け落ちてしまっていて何室かは分からない。

「ここは……」

ベッドが一つもない。病室ではなさそうだ。辺り一面、段ボールや書類棚が部屋を占拠している。受付付近の黒い長椅子や病室にあったテレビもある。汚らしい感じがするし、何となく埃っぽい。ここは……倉庫？　通路も狭いし、窮屈だ。

「ぶっ放してやるか」

左右に積み上げられた段ボールが目障りだった。まだ一度も撃っていないし、マシンガンを使ってみるか。慣れておく必要もあるし……。

少し緊張しながら怜は片手で構えて、銃口を段ボールに向けた。そして肩に力を入れて、引き金を軽く引いてみた。その瞬間、目がくらむほどの発光とともにいくつもの弾丸が段ボールを突き破り、中に入っていた大量の用紙が宙に舞った。

「おお！」

この威力。迫力。素晴らしい。怜は感動すらおぼえた。こいつがあれば敵なしだ。

「おらおらおら！」

少し調子に乗って今度は長めに撃ってみた。身体をガタガタと揺らしながら全ての段ボールとテレビの画面を破壊した。硝煙をもろに吸い込んでしまい激しくせき込む。

よし。練習はこんなもんでいいだろう。これで敵が現れても咄嗟に撃ち込むことができる。もしかしたら倒すことだって可能かもしれない。

すっかりゲームの目的を忘れてしまっていた怜は、ようやくスイッチを探し始めた。部屋を散らかしてしまったせいで、かえって見つけるのが面倒くさくなってしまった。

「うぜ～」

自業自得だ。これじゃあクールなイメージが崩れてしまう。ブツブツと文句を言いながら、結局は部屋中を探し始めた。ここで8が出れば残りは一つ。そして……。

怜は密かにある計画を立てていた。それを成功させるためにはまず脱出の準備を整えておかなければならない。がしかし、怜の考えをあざ笑うかのように、スイッチは現れてはくれなかった。どこをどう探しても見つからない。

「くそ！」

床に落ちている段ボールを思いきり蹴飛ばす。

次だ次。

怜は扉を振り返り、部屋を出た。

もう時間がない。部屋に入る前より状況がかなり悪化している。まだ辛うじて通路は残されているが、炎が迫っているためにすさまじい熱さだ。急がなくては、脱出する前にゲームオーバーになってしまう。

一階に下りるか？ いや、もし二階に8があったら終わりだ。せめて向かいの部屋を調べてからにしよう。そう決めた怜は目の前の扉を開けようと、手を伸ばして力を入れた。が、鍵がかかっているのだろうか、いくら引いても開かない。

「なめやがって」

怜は腰から銃を取り出し、扉の取っ手に向けて乱射した。すると案外簡単に鍵は外れた。弾は切れてしまったが……。

勝ち誇った笑みを浮かべ、怜は中に入った。そこは六畳くらいの大きさで、ベッドと小さな冷蔵庫が一つずつ。ご丁寧に花まで飾られてある。ここは……個室か。テレビの上に写真が立てられてある。若いカップルが写っているが、もちろん知らない奴らだ。本当に細かく作られたゲームだよな……。なにもここまで凝らなくたっていいのに。

　スイッチは……。

　大部屋と違い、全ての場所に目が届く。見る限りそれらしいものはない。ただ、怜には一つ見落としている場所があった。入ってすぐ右の奥に洗面台があるのだが、その横にドアがついている。最初はトイレかと思ったが、開けてみるとそこは小さな風呂場になっていた。しっかりシャワーもついている。浴槽の蓋がしまっているので、もしやと思い外してみた。が、スイッチはない。天井にも。

　やはりこの部屋にもないか。

「どこなんだよ8は」

　苛立ちながら、風呂場から出ようと振り返ったその瞬間、思わず、

「あ！」

　と声を上げていた。ドアの反対側に8のスイッチがついていたのだ。

　よし！　これを押せば、ラストの9を探すだけだ。俺の野望が、実現しようとしている。

「くっくっくっ」

　その時のことを想像すると笑えて仕方ない。怜は8のスイッチを力強く押した。脱出まで、もう少し。

怜は用のなくなった個室から出た。このままゲームは自分の思いどおりに進むと決め込んでいた。しかし、目の前の光景に驚き、舌打ちをした。まずい。もたもたしているうちに逃げ道がなくなってしまった。炎で通路が完全に塞がれているのだ。俺の計算が狂ったか……。

いや！　そんなはずはない。必ずこの足で一階まで辿り着いてやる！　階段はすぐそこなんだ！

怜は大きく息を吸い込み、そのまま両腕で頭を抱えるようにして、火の中を全力で駆け抜けた。赤いゆらめきと煙で前方は全く見えないが、気合いと根性でどうにか階段までやってこられた。クソ！　髪の毛が少し燃えたかもしれない。ズボンに移った火を慌てて手で払った。

だがまだ油断はできなかった。一階に通じる階段も、火の壁ができており、先が見えない。

ここを乗り越えれば何とかなると思うんだが……。

賭けに出るしかないか。一段一段下りていたら黒こげになっちまう。

ここは一発……。

躊躇う前に怜は思いきりジャンプしていた。と同時に、二階の天井が一気に崩れ落ちた。踊り場に転げ落ちた怜は、足の痛みを堪(こら)えながら唖然(あぜん)とした。

危機一髪……。死ぬところだった。

「ふ〜」

安堵(あんど)の息を吐く。この先の階段は安全だ。どうやら俺の勝ちのようだな……。

踊り場から立ち上がった怜は、冷たい笑みを浮かべて階段を下りていった。

15

「おーい、アキラ〜。どこ行った〜。いるなら返事しろ〜」

頭ではスイッチを探さなければならないと分かっているのだが、無意識のうちに賢治はアキラの名前を呼び続けていた。一階の男子トイレだけではなく、こうして女子トイレにまで足を踏み入れていた。しかし、アキラの姿はどこにも見当たらない。一階ですら、もう安全ではない。徐々に火が広がっているのだ。せっかく苦労して残り一つまできたというのに、全く面倒な荷物を任されてしまったもんだ……。

「ふざけんなよ、アイツ。どこ行ったんだよ！　時間ないのに」

文句ばかりを吐き続けながら賢治は女子トイレから出た。すると、階段付近に怜と敏晃が一緒にいるのが分かった。

「おい」

声をかけると、二人は同時に振り向いた。

「おおフジケン。とうとうあと一つというところまできたな。もういい加減早く終わらせちまおうぜ」

元気のいい敏晃に比べ、怜は何やら疲れている様子だった。右足を回して調子を確かめている。怪我でもしたのだろうか。

それにしても何だ、あの武器は。マシンガンというやつか？　一体、どこで手に入れたんだろう。

「それにしても二人とも顔真っ黒だぞ」

賢治が一番気になったのはそれだった。迫りくる炎から逃げてきたのだろう。不細工な面だ。

「俺が二階にあった8を押してやったんだ。感謝しろよ」

怜が恩着せがましくそう言うので、

「へ〜そうなんだ」

「でも9を見つけなきゃ意味ねえんだからな？」

「てゆうかよ、最後のスイッチが二階か三階にあるとしたら、どうなるんだよ？　もう上には行けないぞ。脱出できなくねえ？」

賢治の素朴な疑問に、敏晃は相変わらず能天気だった。

「その時はその時だ。みんなでリタイアしちまえばいいんだって。焼死したくねえだろ？」

「た、確かにな……」

賢治はそれで納得した。が、怜は無言だった。いつもならクールに、そうだな、と言うはずなのに。

「どうした怜？」

「べ、別に」

と目をそらした。明らかに様子がおかしい。何か……怪しい。

「俺にそのマシンガン撃たしてくれよ」

冗談混じりに言うと、

「触るな」

と怒られてしまった。

「何だよ。ちょっとくらい、いいじゃねえかよ」

敏晃も横から割り込んできた。

「そうだよ。本当は俺が見つけた代物なんだぜ？　少しくらい撃たせろよ」

「弾が切れるだろ。いざという時に使えなくなったらどうするんだよ」

「ゲームなんだぜ？　そんな真面目に考えるなって」

呆れ顔の敏晃は腰に手をあてた。このままでは本当に喧嘩になりそうだったので、賢治は話題をそらした。

「ところでさ、二人とも幼稚園くらいのガキ見なかった？　多分、一階のどこかにいるはずなんだけど」

そう聞くと、二人は顔を見合わせ、敏晃が驚くように言った。

「お前……あのガキと一緒にいたのかよ」

「ああ。死ぬ直前の憲希から任されたんだよ。でもすぐにはぐれちまってよ。探してたんだ」

事情を説明すると、敏晃からため息が洩れた。

「やめとけやめとけ。あのガキはどうせ罠か何かなんだって。探したって無駄だぞ」

「そ、そうなの？　店員は何も言ってなかったからどうもおかしいとは思ったんだけど……、罠だったのかよ。それにしてもあのガキのことよく知ってんじゃねえかよ」

「当たり前だ。俺と憲希が三階の廊下で見つけたんだ。俺は放っておけって言ったのに、憲希がどこかに連れていっちまって。そのせいでアイツは死んだんだろ？　何も聞かされてないのかよ？」

「聞くも何も、いきなり子供を投げられて、頼むって言って……死んじまったからよ。子供は子供で何も事情を話さねえしよ。まあゲームで作られた人間なんだから仕方ねえけどな」

「じゃあ、ここの世界が昭和六十一年だってことも知らないだろ」

敏晃が自慢げにそう言った。

「は？」

昭和六十一年？　何を言ってるんだ。

「病室にあった新聞を広げたら、そう書いてあった」

だからなのか？　病院の造りが古く感じられるのは……。

「でもどうして」

「俺に聞くなよ。店員に聞け」

「何だか訳が分からねえな」

「俺だって同じだよ。三階の病室で憲希と一緒に新聞を見ていたら突然女が窓から飛び降りてよ。で、廊下に出たらあのガキだ。どうしたって尋ねたら、部屋の中に母親がいるって。多分、飛び降りた女が母ちゃんなんだろうな。その時は憲希が、母親はもう逃げたってうまく誤魔化してたけどよ」

敏晃の説明だけではあまり把握できなかったが、アキラの目的がこれで何となく分かった。自殺した母親を、探しているというわけか……。それを知った賢治は、アキラが少し可哀想になった。これがゲームだということを、この時ばかりはすっかり忘れてしまっていたのだ。

「おい。とにかくよ」

二人の会話をじっと聞いていた怜がようやく口を開いた。

「そんなガキは放っておいて、早く最後のスイッチを探そうじゃねえか。時間もあまりなさそうだしな」

分かっている。ゲームの目的はそっちなんだから。でもなぜか……気になる。

「あ、ああ……」

力なく返事する賢治の肩に、敏晃が手を置いた。

「あまり深く考えるなって。母親を失った子供という設定を作って俺たちを同情させて、この病院を焼き尽くそうっていうゲーセン側の作戦なんだからよ。このままこうして立ち止まっていたらマジでゲームオーバーになっちまうぞ」

「まあ……そうだよな」

彼の考えは間違ってはいないだろうが、それでも心のどこかで引っかかっている。

敏晃はこう続けた。

「で、9を見つけたらどうする？」

「バラバラに脱出するのもつまらねえし、まずは出口に集まろうぜ」

「よっしゃ」

賢治は返事をしなかった。敏晃に顔を覗かれる。

「おい。分かったか？　勝手に脱出するんじゃねえぞ？　それと、マジであのガキは放っておけよな？　いいな？」

「あ、ああ。OK。任せろ」

「じゃあここで解散だ。一刻も早く9を見つけるんだ」

怜が命令口調でそう言った。

こうして賢治は再び二人と別れた。彼らの背中を目で追い、いなくなったのを確認する。

深いため息が洩れる。

9のスイッチを見つければ、脱出できる。俺たちの勝利だ……。

気がついた時には、医局の前で足を止めていた。探していない部屋がまだいくつかあり、ここでは1のスイッチを押したというのに、勝手に右手が扉に伸びてしまっていた。

何をやってんだ。俺は……。

「おーい、アキラ～。返事しろー」

タイムリミットは、すぐ目の前にまでやってきていた。

16

ゲームは終盤。賢治や怜と別れてから早くも五分ほどが経過したのではないだろうか。ナース室を調べていた敏晃は、迷彩服をバタバタとさせながら適当に歩き回っていた。

とうとう部屋の中も蒸されてきた。あとスイッチは一つだと分かった時は気持ちも燃えたが、この五分間で、すっかり心変わりしていた。また悪い癖が出たのだ。こんな状態で集中などできるはずがないだろう。賢治か怜のどちらでもいい。早くスイッチを見つけだしてくれ。

敏晃はもう二人の力を頼っていた。手柄などどうでもいい。脱出さえできればそれでいいと思っていた。

「あー、暑い暑い」

だらけた声を出しながら、一応は自分でも探してみた。大きな丸いテーブルの上には難しい漢字が書かれた用紙ばかりでスイッチらしいものはないし、ナースコールに繋（つな）がっている電光掲示板の周りにもない。イスの裏や、皿やコップの入った食器棚の中まで調べたが発見できなかった。

さすが最後の一つだ。そう簡単には見つけられない。感心している場合ではないのだが……。

「あー、ムカツク。うざってー。あいつらまだかよ」

腕の機器を見るが、まだ9は光っていない。

二人ともちゃんと探してるのか？　憲希と飯田がまだ生きていれば、すぐに脱出できたのに……。

「ちょっと休憩」

そう呟き、敏晃はイスに腰掛けた。

動きを止めると妙に静かだ。建物内が火事だということを忘れてしまうくらいだ。

無意味な時間が過ぎていく。敏晃の中には危機感というものが全くない。

急に貧乏ゆすりが始まった。

「あー、ヤニ吸いてー」

身体がニコチンを欲しがっている。当たり前だよなぁ。小学生の頃から吸ってるんだから。

ボーッとしてるとだんだん苛ついてくる。

「あああ！　もう！」

叫び声を上げて敏晃はイスから立ち上がった。動いてないとタバコのことばかり考えてしまう。

じっとしたままムカムカしているくらいならスイッチを探していたほうがマシだ。

「あー、吸いてえ」

そう繰り返しながら、敏晃はナース室の扉を開けたのだった。

最後のスイッチが、どこにもない。

怜は正直焦っていた。これまでスムーズに来ていたのに、急に足止めを喰った気分だ。まさかこんなに手こずるとは……。俺が本気を出せば、すぐに9など見つけられると思っていたのに……。一階もだんだん余裕がなくなってきたし、少し油断しすぎたか？　こんなことになるのならもっと早い段階で動いておけばよかったか……。

受付で足を止めた怜は、必死にスイッチを探した。もちろん、敵に注意を払いながら。ここまで来て殺られるわけにはいかない。俺はできるだけ廊下に面している場所を担当し、逃げ道の少ない部屋の中はアイツらにやらせておけばいい。

それにしても賢治の奴……、ちゃんと探しているんだろうな。まさか、まだガキに時間を費やしているんじゃないだろうな。アイツらしくない。普段からあんな奴だったか？　困っている人間を助けようとする性格じゃないはずだが……。もしそうだとしたら見損なったぜ。くだらねえ。

「クソ……どこにもねえ」

棚の奥やコンピューターの上。更には子供が喜ぶような大きなぬいぐるみを破いてみたが、最後のスイッチは見当たらない。ここで目につく場所は、そのくらいだった。

次のところに行くしかねえ。早くしねえと俺の計画が台無しだ。そう思って、前方を向いたその時だった。ポケットに手を突っ込み、かったるそうに歩いてくる敏晃が視界に入った。

コイツ！　この非常事態に何やってやがる！

「おい！」

強く声をかけると、

「おお」

明らかに、やる気のない声が返ってきた。

「おお、じゃねえよ。なに余裕こいてんだよ。早く探せって」

いつもみたいに冷静ではない怜に、敏晃は馬鹿にしたような薄ら笑いをする。

「珍しく熱いじゃねえか。そんな難しく考えるなって。なるようになるだろ？　ゲームなんだから。それよりもヤニ吸いたくてたまんね〜よ」

無神経なその発言に怜はカッとなった。

ふざけるな。俺には俺の野望ってもんがあるんだ！

もう、なりふりかまっていられなかった。

「いいから探せよ！　脱出できなくなるだろうが」

「あ？　なに偉そうに言ってんだよ。だったらてめえで見つければいいだろうが」

クッ……。生意気な奴。

「俺は俺でやってんだからよ。命令してんじゃねえよ。ヤニ吸いたくて苛々してるっていうのによ」

機嫌を悪くしてしまった敏晃は、唾を吐いてその場から去ってしまった。

「あのクソ野郎……」

怜は必死に怒りを抑えた。

我慢だ……今は。まずは9のスイッチを。

二つの拳を握りしめた怜は、敏晃に背中を向けて走りだした。

17

一体、あとどれくらいでタイムオーバーになってしまうのだろう。はっきりとは分からないが、もうあまり時間が残されていないのは確かだった。だからこそ一刻も早く9のスイッチを見つけなければならない。にもかかわらず、賢治はまだ躊躇っていた。医局を出たあと、今度は101号室に来てしまったのだ。ここにもスイッチがないことは分かっているはずなのに……。

　アキラがどこにもいない……。

　敵を警戒しながら慎重に扉を開ける。そして、ゆっくりと足を踏み入れた。

　なぜだ。頭の中から、子供がひっついて離れない。別に長い時間一緒にいたわけではないので、特別な思いはないはずだ。助けたい？　それともお前の母親はもう死んだと言ってやりたい？　いや違う。そうじゃない。それ以前に、これはゲームだ。そんなことを言う必要などない。それなのに探している自分がいる。何だ、この変な気持ちは。

「お～い。返事しろ～」

　どこへ消えたというのだろう。いくら名前を呼んでも返事はなかった。まずはどの病室にもあるクローゼットを開けてみた。が、中は空っぽだ。

「マジでどこにいるんだよ……」

　すっかり目的が変わっちまってるじゃねえかよ、と賢治はうなだれる。その時、敏晃の言葉が脳裏に蘇った。

『罠だって』

　そうかもしれない。だから頭を切り換えるんだ。賢治は強引にそう言い聞かせるが、どうしても踏ん切りがつかない。自分自身、あの子供になぜここまでこだわるのかが分からなかった。

「お～い。出てこ～い」

賢治は再び歩きだす。

この部屋で隠れられそうな場所は……。

そうか……。

見つけたらマジ説教だ。

賢治は六つあるベッドを一つずつ調べていった。毛布をめくり、ベッドの下までちゃんと確認した。アキラはいない。

「ここか！」

三つめも失敗。四つめも同じだった。賢治は更に奥へ進み、五つめにトライする。

やはり発見できず。

「もー、いい加減出てきてくれよ～」

少し苛ついた声を発しながら、最後のベッドに歩み寄る。

「おりゃ！」

一気に毛布をはいだ。するとなんと、銃弾の入った箱が置いてあったのだ。蓋（ふた）を開けてみると十発は入っている。しかし、賢治の心は晴れなかった。さっきまでなら喜んでいたはずなのに……。それでも、それをポケットにしまい、一応下も確認しておこうと屈んでみた。しかし、この行動がいけなかった。

扉に背を向けていたことが災いした。やはりアキラはいないという結論に至ったその時だった。背中に強い殺気を感じた。まさか、と賢治は素早く振り向いた。もう遅かった。侍骸骨が、部屋に入ってきてしまっていたのだ。

恐れていたことが、とうとう起きてしまったか……。

アキラに気を奪われていたせいで、全く分からなかった。

「マジか……」

逃げ道は、ない。何歩か後ろはもう壁だ。窓は開かないし……どうする。

不気味な息遣いを繰り返しながら、獲物を捕らえたというようにゆっくりゆっくり近づいてくる。賢治は壁まで後ずさり、腰から銃を取り出した。一歩、また一歩と敵は迫ってくる。

こんな武器じゃ、と一度銃を見つめ、連続で三発撃った。室内に銃声が響く。軽くのけぞっただけで、何ともないといった様子の侍骸骨。

「くそ!」

弾はまだある。だが何発撃ったところで結果は同じだ。

もうダメか……。と諦めかけたその瞬間、賢治は左ポケットにしまっておいた黒い箱を思い出した。授乳室で手に入れた、赤く「DANGER」と書かれたあれを……。

「……よし」

固唾をのみ、左ポケットに手を突っ込んで、箱を取り出した。あの時は開けた瞬間に爆発するのではないかと気が気ではなかったが、今はもうそんなことは言っていられない。

生きるか死ぬか、勝負だ！

箱を開ける部分に爪を入れた、その時だった。

「賢治！　伏せてろ！」

突然、部屋の入り口のほうから叫び声が聞こえた。顔を向けると、侍骸骨の後ろでマシンガンを構えている怜の姿があった。

「伏せろ！」

二度めでようやく賢治は床に小さくしゃがみ込んだ。同時に、けたたましいマシンガンの音。何十発もの弾が敵に撃ち込まれる。さすがの侍骸骨もその衝撃には耐えきれず、ベッドのほうにつんのめった。

「今だ！　来い！」

相手が隙を見せているうちに賢治は機敏に立ち上がり、怜の元に駆け寄った。

「悪い。助かった」

「いいから！」

二人は101号室から廊下に避難し、扉を閉めて侍骸骨を閉じ込めた。鍵がないのですぐに出てきてしまうだろうが……。

「こっち来い！」

怜はそう言って勝手に走りだした。仕方ないので後を追う。ここなら安全だと思ったのだろうか、階段付近で足を止めた。もう二階へは完全に上れなくなってしまっている。火の壁ができているのだ。

二人は呼吸を整える。最初に口を開いたのは怜だった。

「おい賢治」

「あ？」

「お前あそこで何やってたんだよ」

そう聞かれると、困る。

「いや、別に……」

「どうせガキでも探してたんだろ」

「探してねえって」

「じゃあ何で101にいたんだよ。あそこは4のスイッチだろうが」

返す言葉が、見つからない。

「お前らしくねえぞ。ガキが何だってんだよ。放っておけよ」

「俺にも分からねえけど……なんかさあ」

怜はため息をつき、冷静にこう言った。

「もうマジで時間ないぞ？　まずはスイッチだ。俺たちが脱出しねえと意味ねえだろ。ガキはその後にしろ」

怜の言うとおりだった。まずはこのアトラクションをクリアする準備を整えなくてはならない。

「もう敏晃は使えねえ」

怜の口からふと出た言葉が気になった。

「何でよ」

「何かふてくされてるからな。まあ、いつものことだ。もう探す気ねえんだろ。要するにスイッチを見つけられる人間は、俺とお前しかいないんだよ」

どうして今日はこんなにも積極的なんだろうと賢治は思う。楽しい学園祭ですら働かない怜なのに……。

「いいか？　俺はな、今、お前に死なれちゃ困るんだよ」

妙に気持ちの悪い台詞だった。怜は普段、友情というものをあまり重んじない人間なのに。病院内の温度が上がりすぎて狂ってしまったんじゃないだろうか？

「あ、ああ」

一応は頷いておいた。

「とにかくガキのことは忘れろ」

アキラの顔が脳裏に浮かぶ。

「ああ」

「もたもたしてらんねえ。脱出までもう少しなんだ。行くぞ」

そう言い残して、怜は再び走りだした。賢治は首を傾げ、怪しげな目つきで怜の後ろ姿を見つめていた。

18

何様のつもりだ怜の奴……何が早く探せだ、偉そうに。

9のスイッチなんて、どこにもねえじゃねえか。あまり真剣に動いてないけど……。

「ムカツクぜ」

そんなに脱出したいなら、てめえ一人でやりやがれ。

苛々のピークに達していた敏晃は、愚痴をこぼしながら新生児室の扉に手をかけた。

そういえばここに入るのは初めてだな。

怜に命令された途端、スイッチを探す気は完全に失せたが、廊下だってもう安全ではなくなっている。徐々に病院が炎に包まれている。一階が燃えるのも、もう時間の問題だ。それなら部屋にいたほうがマシだと思ったのだ。

「マジだり～」

露骨に疲れた表情を浮かべながら扉を開けた。その途端、ウギャーウギャーと泣き叫ぶ赤ん坊の声が聞こえた。

今度は何だよ……。

どこからだよ……。

見渡しながら先へ進むと、死角になっていた部屋の隅が視界に入る。そこにはいくつものベビーベッドが並んでいた。そして、そのすぐそばで、泣き叫ぶ赤ん坊を見つめている小さな人影。敏晃は驚いて、

「あ」

と口を開けたまま、立ち止まってしまった。その声に気づいた子供がこちらを振り返る。お互いただ見つめるだけで、言葉が出ない。しばらく沈黙が続いた後、子供はベビーベッドに向き直ってしまった。

何だよこのクソガキ……生意気に作られてやがる。

てゆーか今度は赤ん坊かよ。同情を引こうったってそうはいくか。

「俺には関係ねえ」

壁に寄り掛かり、そのままズルズルと床に座った。そしてじっと子供の背中を見ていた。

あー、マジでかったるいな……。

早くヤニ吸いたいのに9のスイッチは見つからねえし、怜はウザイし……。

「ウギャーウギャーウギャー」
赤ん坊の泣き声が敏晃の苛立ちを更に募らせる。
ああああ！　うるせえ！　黙ってろ！
拳を握り、壁に怒りをぶつけた。その音に反応し、子供がまたこちらを振り向く。
なに見てんだよ、と言う前にベビーベッドに再び視線を戻してしまう。
何か気にくわねえな。見下したような目しやがって。
「おい……それにしてもまだかよ、アイツら。早く見つけろっつーの」
独り言を呟き、敏晃はただ子供の後ろ姿を見据えていた。
それから約三分後。
敏晃の中で結論が出ようとしていた。
つまんね～な～。いつまで経っても9の数字は光らねえし……。
このままじゃ焼死しそうだしな……。
その時、敏晃の頭には、必死になってスイッチを探している怜の姿が描かれた。
お前の力じゃクリアできねえよ。俺を敵に回すからこうなるんだ。馬鹿め。
敏晃は嫌らしい笑みを浮かべる。
どうせ脱出できねえなら、もっと怜を困らせてやるか……。

究極の技……。

ギブアップ。

別に何の躊躇いもなかった。これはゲームだし、飽きたら最初からそうしようと決めていた。タバコも吸いたい。いやそれ以前に、もっと怜を怒らせたい。その姿を見て笑うことはできないが、まあ仕方ないだろう。

「ま、いっか」

こんな病院とも、もうおさらばだ。

敏晃は、右腕の袖をめくり、機器を見つめた。あとはリタイアのボタンを押せばいいだけだ。

じゃあな、馬鹿ども。左の人差し指を機器に伸ばしかけた、その時だった。忙しなく左腕を動かしている子供が気になった。何をしているのかと思えば、相当痒いのか、左手で右腕を一生懸命に掻いている。ボリボリボリボリとこちらにまで聞こえてくる。

その動作を見て、敏晃は固まってしまった。

子供の右腕にある大きな火傷の痕。そして、その右腕を無心になって掻いているその様子……。

アイツの癖に、そっくりだ……。

そういえば、何となく顔も似ている気がするが……。

「馬鹿馬鹿しい」

そんなことがありうるはずがなかった。

こんなガキを登場させるからゲームが複雑になるんだ。俺ですら変な考えを起こしちまったじゃねえか。戻ったら店員に文句言ってやる。

「おいガキ」

声をかけると、子供は右腕を掻くのをやめてこちらを振り向いた。

「じゃあな」

ワザと不気味に笑って、敏晃はリタイアのボタンを押したのだった。

その瞬間、彼の身体は消え去った。


「クソ……」

廊下の壁にまで広がってしまった火を掻き分けながら、怜は全力で駆け抜けた。

ない。どこにもない。9のスイッチが見つからない。

頭を整理するために、再び受付付近で足を止めた。

「探してない部屋は……」

あと、一つある。

新生児室だ。そこになければ、正直もうお手上げだ。

「……よし」

再び走りだそうとしたその時。

腕の機器が、鳴りだした。怪訝な顔をして確認すると、敏晃の黄色がパッと消えた。

眉間にしわを寄せ、拳を思いきり握りしめた。

「クッ……あのクソ野郎！」

敵にやられたはずがない。リタイアしやがったんだ！　逃げやがったな、腰抜け！

「調子に乗りやがって……」

腹の虫が収まらない。が、今はキレても仕方ない。どうせアイツはもう使えなかったし。とにかくスイッチを……。

焦りを抑え、怜は新生児室へと急いだ。そして荒い息遣いのまま勢いよく扉を開けた。

「ウギャーウギャーウギャー」

いきなり聞こえてきた赤ん坊の泣き声に驚いて立ち止まる。警戒しながら部屋の奥へと進むと、数多くのベビーベッドがあり、一人の子供がその目の前に立っていた。

怜は肩の力を抜き、子供に歩み寄る。

「ほ〜う。お前か……賢治が言っていたガキってのは」

見下ろしながらそう言った。しかし、何も言葉が返ってこない。

「リアルに作られたもんだな。散々ゲームを掻き回しやがって」

子供は怖そうな目をしてこちらを見上げている。

「何か……」

喋ってみろ、と言いかけてやめた。ロボットにどんな言葉をかけても通じない。せめて赤ん坊の騒がしさをどうにかしたかったが、そんなことに時間を使っている暇はない。怜は子供を無視して部屋中を探し回った。

目に見える場所にないことは分かっている。だが、ありそうなところがほとんどない。まずは全てのベビーベッドを調べた。真下も念入りに。赤ん坊のいるベッドも。

その様子を子供はじっと眺めている。

スイッチは見当たらない。

「どこだどこだ」

膨れ上がる苛立ち。ここになければもう終わりだぞ！　それとも、どこかで見落としたか……。

そんなはずはない。俺は一階を完璧に調べた。ここのどこかに……。

まさか二階か三階に？　いや、もう余計なことは考えるな！

「どけどけ！」

怜は子供を乱暴に払って次に目をつけた、子供の身体を洗う台所のような場所に歩み寄る。目をぎらつかせながら周辺を探すが、結果は変わらない。

くっそ……。

突然、閃いた。

この中か……。

お湯をためる大きなたらいが裏返しにされて置かれている。何かを隠すようにして……。

「そんな子供だましが……」

怜は両手をゆっくりと伸ばす。

「通用するか！」

決め台詞を言いながらたらいを持ち上げたが、すぐに盛り上がりが冷めた。

「……何だよ」

ないと分かって冷静に考えてみる。こんな単純なところにあるわけがなかった。期待した自分が馬鹿みたいだ。

　ここか！

　すぐ下にある長細いゴミ箱の中を覗いた。が、空っぽで何もない。

「ムカツク！」

　怜はゴミ箱を思いきり蹴飛ばした。カランコロンと虚しい音が室内に響く。両手を腰に持っていき、ポツリと呟いた。

「……ねえな」

　ありそうなところは全て確認した。ここにはもうないだろう。

　やはり、違う部屋なのか……。見落とした可能性がないわけではないが……思い当たる場所がない。最後のスイッチはここのような気がしたんだが。

　あれこれ迷っていても脱出はできない。怜は、もう一度違う部屋に賭けてみようと結論づけた。賢治が見つけてくれてもいいのだが、奴に期待はできない。このガキを今でも探しているかもしれないのだから。

「……ちょっと待てよ」

　ガキか……。

　怜は子供に身体を向けて、歩を進める。そして、目の前に立ち、こう聞いた。

「まさか お前……9のスイッチがあるところ知ってるんじゃないだろうな？」

意味もなくゲームに登場させるはずがないと思ったのだ。

「どうなんだ？」

ようやく子供は反応を見せた。

知らないというふうに首を横に振る。

「本当だろうな？」

と言いながら、怜は一応子供のポケットをまさぐった。あるはずがない。考えすぎか……。

「……まあいい」

怜は振り返り新生児室から出た。その途端、大蛇のように炎が襲いかかってきた。咄嗟に両手で顔を守り、一歩後ろに下がり再び部屋の中に入った。

いよいよお終いか……。目の前が火と煙で覆われている。新生児室に入る前と明らかに状況が変わっている。

脱出を目前にして、結局はこれか。

いや、俺はまだ諦めない。野望を達成するまでな！

部屋の扉を開けて、怜は火の中に飛び込んだ。そして全力で走る。髪が焦げようが、顔が真っ黒に汚れようが、俺は、死なない！

「うおおおおお！」

叫び声を上げながら一旦トイレに逃げ込んだ。

「どこなんだ……」

最後の賭けに出ようと考え込んでも、結論が出ない。停滞したまま、しばらく時間が経った、その時だった。

腕の機器が、今までにない音を発した。

ピー……ガチャというふうに。ロックが外れた時のようなそんな感じだった。

まさか！

液晶画面を確認した次の瞬間、怜は大きく目を見開いた。

9が……光った。

賢治が、とうとう発見したのだ。あまりに突然すぎたのでまだ気持ちの整理がつかないが、とにかくこれで、全て準備は整った。あとは俺の計画を果たすだけだ……。

「ふふふ……ふはははは！」

怜の瞳が……鋭く光った。

19

　怜がまだ新生児室にいた頃、賢治はチャイルドルームで最後のスイッチを探していた。まずは脱出、と頭を切り換えたつもりだったが、やはりアキラにも気を配っていた……。しかし、どちらも良い方向へは進まなかった。体力的にも限界に来ていた賢治は、床にへたり込んでしまった。

　理由はまだ分からないが、敏晃がゲームオーバーになった。怜の話から推測すると、もしかしたら自ら降りたのかもしれない。要するにあとは二人だ。にもかかわらずスイッチが見つからない。時間ばかりが過ぎていく。

「……ダメか」

　ここだってもう探し尽くした。まだ手をつけていない部屋は……。

　焦るばかりで頭の中がまとまらない。

「……新生児室」

　そうだ。そこがまだ残っていた。

急ごう。

そう思い立ち上がったその直後だった。ピー……ガチャ。

腕の機器から、初めての音が鳴った。今度は怜がゲームオーバーになったのかと液晶画面を確かめると、何と9の数字が光っているのだ。

「おお……そうか！」

怜の奴……とうとうやったか。

これで、脱出経路は確保できた。

約束どおりまずは出口に向かうことにしよう。

興奮状態にあった賢治はすぐにチャイルドルームの扉を開き、燃えさかる炎に、勢いよく飛び込んだ。

もう、タイムアップぎりぎりなのではないだろうか。身体を包み込んでくる煙に賢治はせき込んだ。目がしみる。顔が痛い。火の中をかいくぐり、何とか出口にやってきた賢治は、辺りを見回した。学校の廊下くらいの広さはあるだろう出口付近には、まだ火が回ってきていなかった。怜は来ていない。脱出できるというのに、アキラの姿も。

賢治は大きな扉に歩み寄る。腕の機器と同じように1から9まで全てが光っており、その下にある小さな蓋が開いている。中を見ると、銀色の鍵が置かれてあった。

飯田の言ったとおりだ。これを扉に差し込めば、クリアというわけか……。

最初に来た時は五人もいたのに。壮絶なゲームだったと賢治は実感する。まさかこんなにもスケールが大きいとは。初めのうちはただスリルを求めていた。が、最後はそんな気持ちは忘れていた。自分自身が、変わった気がする。そして今、胸の奥に大きな蟠りが残っている。

アキラは、どうしてる？

自分でもよく分からないこの感情。怜がここへやってきたら……探しに行こう。いや、一刻も早く動かなければなるまい。

病院内が、全焼する前に。もしダメだった時は、怜一人が脱出すればいいのだから。

賢治は出口に背中を向けた。先に広がる煙の中に飛び込めば、そこはもう火の海だ。死ぬかもしれない。ただこれはゲームだ。覚悟はできている。

「……よし」

まだ一度も調べていない新生児室へ向かう。そこにもいなければ脱出すればいい。

賢治は歯を食いしばり、走りだした。

その瞬間、パラパラパラという音と同時に扉に銃弾が連続で撃ち込まれた。賢治は咄嗟に後ろを振り返り、そしてすぐに向き直った。すると黒い煙の中から、薄ら笑いを浮かべた怜が現れた。どういうわけかこちらにマシンガンを向けている。

「てめえ、どういうつもりだよ」

賢治が口を開くと、怜はゆっくりと足を止めた。二人の距離は六、七メートルくらいだろうか。

「それは俺の台詞だろ。どこへ行くつもりだ？　もうゲームは終わったはずだが」

答えに迷っていると、彼は意地悪くこう言った。

「まさかあのガキのところじゃないよな？　どうなんだ？」

賢治は下を向いた。すると怜から驚くべき発言が飛び出した。

「そうか……そうなのか。でも残念だなあ。あのガキは……俺が殺したよ」

賢治はハッと顔を上げた。

「新生児室にいたんだけどな。アイツがいると、お前がゲームに集中できないと思って……軽くやっといた」

アキラの姿形が、暗闇に消えていく。

「マ……マジかよ。どうして」

「言ったろ。邪魔だったからだよ。悪いか？」

賢治は、言葉を返せない。

「疑っているのか？　嘘じゃねえ。これはゲームなんだ。あのガキはロボットなんだ。殺したってわけないだろ？」

確かにそれはそうだが……。

「お前も頑固だな。普段はそんな奴じゃないだろ。あのガキが何だってんだ？　母親が死んだっていう話を聞いて同情でもしてるのか。ここは空想世界だっていうのにな。笑わせるぜ」

「そんなんじゃねえけど……」

「けど何だ？」

賢治は口ごもる。怜は呆れてこう言った。

「分かった分かった。そんなに俺の言うことが信じられないのなら新生児室へ行けよ。そのかわり……」

語尾が気になり怜を見ると、再びマシンガンをこちらに向けていた。

「俺を殺すことができたら行っていいぞ」

その言葉にはさすがの賢治も驚いた。

「何言ってんだ、お前」

「俺は決めてたんだ。最後に何人残ろうが、一人で脱出するってな。全員を殺して……」

「ば、馬鹿か、お前は」

「いい機会じゃねえか。ここでどっちが強いか決めようぜ。タイマン勝負だ。お前だって興味あるだろ？」

俺と怜のどちらが最強か……。

コイツはライバル的存在だった。俺の隣にはいつも奴の姿があった。

賢治の顔つきが、だんだんと鋭くなっていく。

「まさかお前がそんなこと考えてたとはな」

負けず嫌いの血が騒ぎだす。売られた喧嘩(けんか)は買ってやる。行き先を阻止しようってんなら仕方ねえ。やってやる。そのほうが邪魔者も消えていいだろう。

広い廊下にポツリと置かれた二人はしばらくの間睨(にら)み合っていた。

先手を取ったのは賢治だった。素早く腰から銃を取り出し、怜に向かって発砲した。

怜は転がりながら壁の出っ張りに隠れた。賢治も同様に出口付近の壁に身を潜めた。

彼は真正面にいる。そっと顔を覗(のぞ)かせると、すかさず銃声が響き、カンカンカンと扉に当たる。

「どうだ？　手も足も出ないだろ」

笑いを含んだ怜の声が聞こえてくる。

くそ……マシンガン相手に、単発の銃じゃ明らかに不利だ。もう弾も少なくなってきたし……。賢治は先ほど見つけた弾を銃に装塡した。

そして怜の様子を窺う。七メートルくらい離れたところから向こうも睨みつけている。怜のマシンガンがこちらに向いた瞬間、賢治は一発放った。が、うまく命中してくれない。反射神経のよい怜は身体を素早く引っ込めてしまった。

「どうした。そんなんじゃ俺を殺すことはできないぞ」

いつもはクールを気取っているのに、人を殺そうとしている怜は、やけに生き生きとしている。恐ろしいくらいに。

「お前こそ、俺より強い武器を使っている割には臆病じゃねえか」

そんな挑発にも乗ってこなかった。

「楽しんでるのさ。追いつめられた人間をじわじわと攻めながらな」

チッ……なんて性格してやがる。五人の中で一番嫌な野郎はコイツだと賢治は確信した。

「おらおらおら」

マシンガンを連射しながら怜は反対側の壁に移動した。二人は斜めに向き合う。賢治は正直、手も足も出せなかった。突っ込んだところで撃たれて終わりだ。相討ちを狙っても意味がない。

「クソ……」

何かいい作戦はないだろうか。この銃でも勝てる方法……。

思いつかない。負けるのだけはゴメンだ。

「ぶっ殺してやる！」

勢いに任せて怜のほうに腕を伸ばしたその瞬間、タイミング悪くマシンガンが連発で放たれ、賢治の右肩を撃ち抜いた。

「うああ！」

目の前が真っ赤に見えるくらいの激痛が走る。それでも辛うじて銃は離さなかった。みるみるうちに迷彩服が血の色に染まっていく。額から背中から、滝のような汗が流れ出す。

「はっはっは！　とうとう仕留めたか！」

「この……野郎！」

一瞬眩暈(めまい)に襲われ、足をふらつかせる。その様子が怜の瞳(ひとみ)に映ったのか、油断してこちらに向かってきた。反射的に賢治は左手で三発連続で乱射した。それが運よく怜の右太股(ふともも)に命中した。

「おあああ！」

叫び声を上げながら、右足を引きずり、怜は懸命に逃げる。そして再び斜めの位置に陣取る。それからしばらく停戦状態が続いた。二人の荒い息遣いが交差する。

「運のいい奴だぜ」

怜がそう言った。賢治は鼻で笑う。

「油断するからそうなるんだろ」

銃を握っている左手で右肩を押さえていた賢治は、大きく息を吸い込み、ゆっくりと吐き出した。

「こんなにお前に手こずるとはな……さすがだぜ」

頭を壁に張りつかせていた賢治の耳に、そう聞こえてきた。アイツらしくないことを言うな、と思う。

「だがしっかりと決着はつけようぜ！」

足に痛みがあるはずなのに、妙にベラベラ喋(しゃべ)りやがる。何か様子が変だと顔を覗かせた時にはもう遅かった。

しまった！　場所移動してやがる！　さっきまで微(かす)かに見えていた奴の服が消えている。つまらねえ台詞(せりふ)を吐き続けていたのは、俺を油断させるためか。

どこだ！

怜の姿を見失った賢治はほんの少し顔を覗かせ、注意を払った。が、うっすらとした煙が視界を邪魔している。

どこなんだ。

首を出した瞬間、それを待っていたかのように銃声が鳴った。いくら運動神経のいい賢治でも、それに反応することはできなかった。怜が銃の扱いに慣れていたら、即死だったろう。

「くっそ……悪運の強い奴だ！」

その声で、怜が再び正面にいると判断できた。最初の位置なのか、それともその後ろに隠れているかは分からなかった。

「危ね～。なかなかやるじゃん」

余裕をみせたが、心臓は張り裂けそうだ。ドクンドクンと激しく波打っている。

マジで危なかった。下手したら殺されていた。が、安心はできない。もたもたしてはいられない。もういい加減勝敗を決めなければならない。このままでは病院が全焼して二人ともゲームオーバーだ。

一か八かの大勝負に出るか。

と呟いたその時だった。

「おい賢治」

怜の神妙な声。

「何だよ」

「この……足音」

「足音？」

賢治は耳を澄ます。ミシミシ、ミシミシと床を踏みつけるような音が炎の音にまじって聞こえてくる。それはだんだんと大きくなってくる。

まさか！　と気づいた時には、黒煙を掻き分けて現れた侍骸骨が怜の前に立ちはだかっていた。怜も敵がやってくると分かっていたのだろうが、足を負傷しているため迅速な行動がとれなかったのだろう。

まだ生きてやがったのかと賢治は生唾をのみ込んだ。二人とも怪我をしている。こんな状態じゃ奴には勝てないぞ……。

しばらく呆然と侍骸骨を見上げていた怜は我に返り、マシンガンを上に向けた。そして間を置くことなく引き金を引いた。

右足を折りながら、怜はありったけの弾を敵にぶち込む。ダメージを受けて侍骸骨は少しずつ後ろへ下がるが、それでも前へ前へと向かってくる。容赦なく怜はマシンガンを撃ち続ける。

「賢治！　ボーッとしてねえでお前も撃てよ！」

怜はこちらを一瞥してそう言った。

「あ、ああ……」

混乱していた賢治は言われたとおりに一発、また一発と撃った。が、どんな衝撃を喰わしても敵は倒れもしなかった。それどころか、マシンガンの威力も効かなくなってきているような気がする。今度は怜のほうが後ずさっているのだから。

「ダメだ……コイツいつになったら死ぬんだよ！」

だんだんと迫られ、とうとう耐えきれなくなった怜は攻撃をやめて、足を押さえながら右横に逃げた。すかさず侍骸骨は刀を振り下ろしてくる。怜は広い廊下をいかし、痛みをこらえながら今度は左横にうまく転がり、すぐに立ち上がった。次は俺を狙ってくるかもしれないと、賢治は逃げる体勢をとっていた。が、怜がすぐ近くにいるからだろうか、彼を殺すことに侍骸骨は集中している。戦いを見ていることしかできなかった賢治はふと考えた。

もし怜がこのまま殺られたら、俺が標的になる。二対一でこうなのに、そうなったら勝ち目はない。

逃げ道だってないし……。

どうする……。

そうだ！

その時賢治はようやく思い出した。左のポケットに入っている黒い箱を。さっきは蓋を開ける前に怜が助けてくれたので使うことはなかったが、勝負に出るなら今しかない。

もう迷っている場合ではないと、賢治は黒い箱を左手に持ち、思いきって蓋を開けてみた。すると中には、アクション映画に出てくるようなダイナマイトが入っていた。

「こ、これだったのか」

長細い丸い筒のてっぺんに、ヒョロヒョロと伸びた導火線。ここに火をつければ、爆発する。その時の光景を思い浮かべて賢治は固唾をのんだ。

これ……俺も自爆するんじゃないだろうか？　威力はどのくらいなんだ？

だがもう賭けに出るしかなかった。

どうせ死ぬなら……。

侍骸骨はまだ怜に気を取られている。怜だってモロに受ければ死ぬことになるだろうが仕方あるまい。アイツは俺まで殺そうとしていたのだから。

「……よっしゃ」

決意を固めた賢治は、ダイナマイトを握りしめる。出口周辺にはまだ火が届いていないが、侍骸骨と怜が戦っている先はもう火の海だ。そこにうまく投げるしかない。

大きく深呼吸をした賢治の目が鋭くなる。

「喰いやがれ！」

右肩の激痛に耐え、ダイナマイトを放った。放物線を描き、地面に落ちた長細い丸い筒。それに気づいた怜は侍骸骨の刀を避けたあと、こちらを一瞥して言った。

「おい！　何だ今の？」

焦る怜。

彼の問いを無視し、賢治は壁に隠れて目をギュッと閉じ、耳を塞いだ。

「てめえ！　何しやがった！」

怜が吼えた次の瞬間、地面を揺るがすほどの爆発が起こった。あまりの衝撃に驚き、賢治は思わず目を開けてしまった。すると、爆風に吹き飛ばされた怜が出口の扉に叩きつけられ、ドタリと落ちた。天井からはパラパラと破片が落ちてきている。賢治はしばらくの間、身体が固まってしまい動けなかった。

俺は……生きている、と認識するまで少しの時間を要した。心臓が、まだドキドキいっている。

これが……ダイナマイトの威力。

壁からソロリと顔を出した賢治は、大きく息を吐き出した。

とうとう、侍骸骨を倒した。バラバラになった奴の骨がところどころに転がっている。大きな刀は天井に突き刺さっていた。

「勝った……勝ったぞ！」

一気に力が抜けてしまい、床にへたり込みそうになったが、何とか踏ん張った。

急いで新生児室へ行こう。目の前はもう火の海だが、アキラを探しに。こうなりゃ、最後までとことんやってやる。

怜は殺したと言ったが、それが嘘だった場合、アキラはまだ新生児室にいる。そこにいなければ諦めればいい。

もう自分に正直になろう。ずっとずっと否定していたが、俺はあのガキを助けたい。

その理由は、未だに判然としないが……。

賢治は一旦出口の扉まで歩み寄り、銀の鍵を掴んだ。ここに帰ってきた時、すぐに脱出できるように。

「悪りいな。怜」

全身ボロボロになって死んでいる彼にそう言い残し、賢治は走りだした。

パンパンパンパンパンパン。

賢治の足が、止まった。

胴体が何かによって、突き破られた。ダラダラと流れる真っ赤な血。荒くなる息遣い。

何が……起こった。

身体が……痛い。

「う……ぅぅ」

腹を手で押さえ、顔を顰めながらゆっくりと振り返ったその先に見えたのは、左腕をダラリと下げ、両足をガクガク震わせながら辛うじて立っている怜の姿だった。右手には、マシンガン……。

「へ……へへ」

傷だらけの顔から不気味な笑みがこぼれた。

「よ、よくもこの俺様を……。この勝負……お前の負けだ」

死んで……なかったのか。あれだけのダメージを喰っていながらも。腕の機器を確かめなかったこの俺の……。

「て、てめえ……！」

腰に手を伸ばそうとした時にはもう、賢治の頭は銃弾によって撃ち抜かれていた。

「ち……ちくしょう！」

それから数秒後、賢治の身体は、消え去った。怜の右手から、マシンガンがスルリと落ちた。


戦いは……終わった。

とうとう野望を果たした怜は、せき込みながらユラユラと歩を進める。そして、床に落ちている銀の鍵を拾い上げた。

「ははは……ははははは！　やったぞ……やったぞ！」

足をぐらつかせながら、天井に向かって雄叫(おたけ)びをあげた。

俺の、一人勝ちだ。賢治の野郎、詰めが甘いぜ。倒れている俺にトドメを刺さずにあのガキの元へ行こうとしやがった。

「へ……馬鹿め」

結局は予想どおりの結末だ。最初からこうなると決まっていたんだ。俺を誰だと思っていやがる。

怜は一歩、また一歩と出口に向かう。

ここまで来るのに長い道のりだった。しかし、ようやくこの時が来たんだ。自分の手でゲームを終わらせる瞬間が。

「ふふふ……ふははは」

銀の鍵を穴に差し、右にカチャリと捻(ひね)った。そして、残った力で扉を押した。

パン。

突然、後ろから銃声が鳴った、と思った時には、胸の辺りから赤い液体がじんわりと迷彩服を染め始めた。一瞬何が起こったのか分からなかった。震えた右手で胸を触ると、温かい血がベッタリと付いていた。みんな死んだはずなのに……どうして。後ろを向くと、予想だにしなかった人物が立っていた。

どういうことだ。なぜ……コイツが……。

「……敏晃！」

煙に紛れた敏晃が、左手に赤ん坊を抱いて立っていた。その横には、ガキの姿が。

リタイア……したんじゃなかったのか！　間違いなくゲームオーバーになったのになぜ！

惚けた顔の敏晃が、ゆっくりとこちらに歩み寄った。

20

虫の息の怜に、敏晃はこう言った。

「いやー、この赤ん坊はいい子だわ。俺が抱っこした途端泣きやんでよー。さっきまでずっとお前らの様子をトイレでコソッと見てたんだ。爆発した時はさすがに泣き声でバレちまうと思ったんだけど、ずっと大人しくしててくれたんで助かったぜ」

敏晃は一歩近づき、続けて喋る。

「ちゃんとスイッチ探したのかよ。俺が9を押してやったんだぜ？　この赤ん坊を持ち上げたら、ベビーベッドにへこみがあってな、そこにあったぜ。感謝しろよ」

「ど、どうして、お前が……」

途切れ途切れに言う怜に対し、敏晃はあっさりとこう答えた。

「確かめたいことがあったんでな。戻ってきた。賢治や憲希の謎が、分かったぜ」

「どういうことだ……お前は確かに」

その先を敏晃が引き継いだ。

「ああ。リタイアしたよ。でもな、最初に店員が言い忘れたらしいんだけど、その場合はコンティニューってやつができるらしいぞ。死んだ場合は無理だけどな。だから飯田から五千円奪って復活したんだよ。どうよ？　驚いた？　でもあの店員、真面目な顔していい加減だよな。コンティニューする人は滅多にいないから忘れてました、だってよ。笑っちまうぜ」

怜は、その事実を知って落胆の色を隠せなかった。

「な、なぜだ……」

「だから言ったろ。調べたいことがあったって。このガキが本当に……俺の兄貴かということをな」

「な、なに？」

「どうして訳の分からないガキが登場したんだって店員に聞いたら、あっさり教えてくれたぜ。このゲームの設定が、本当にあった話だということを」

そこで敏晃は、店員の話を語りだした。

『今から十八年ほど前の十一月二日。山育病院という産婦人科病院で大きな火事が起きたらしいんです。最終的には全焼してしまったそうなんですが、中には三人の親子が取り残されていたそうです。母親は火の熱さに耐えきれず、投身自殺しましたが、その母親が産んだばかりの男の子の赤ん坊と、四歳になる長男は消防隊により救出されたんです。その消防隊の証言を忠実に再現したのが、Ａコースなんです』

敏晃はアキラに視線を移した。

「店員はこう言った。『四歳の男の子の右腕には大きな火傷の痕があり、助けられた時も無心になって腕を掻いていたそうです。なんでも、その子が赤ん坊の時に自ら暖炉に手を突っ込んでしまったそうです』。それを聞いた時俺は、自分の耳を疑ったぜ。兄貴も同じ理由で右腕に火傷の痕があるんだ。店員は更にこんなことまで教えてくれた。『助け出された時、その子の左手には、アキラくんと書かれたハートのキーホルダーが握られていた』と。それで俺はほぼ確信した。あのガキは俺の兄貴だと。そして新生児室にいた赤ん坊こそが、俺自身だったんだと。それでも確かめずにはいられず戻ってきたらやっぱりそうだった。安西彰ですって言ってくれたぜ。死んだ母ちゃんの形見も持ってた」

怜は顔を歪めながらこちらを睨んでいる。敏晃は俯き、こう洩らした。

「まさか、母ちゃんが自殺していたとはな。俺は病死だって聞かされてたし、火事の中から救出されたのだって知らされてなかったから、正直驚いたけどな。でも真実を知ることができてよかったんじゃねえかな。一生、家族にだまされるとこだったぜ。でも父ちゃんと兄貴には、黙っておかねえとな」

事情を話し終えた敏晃は、抱いている赤ん坊を怜に見せた。

「どうよ。かっこいい顔してるだろ。俺が俺を抱いてる……なんか面白くねえ？」

敏晃の態度に怜は怒声を放った。

「ふ、ふざけるな！」

「はあ？」

「さっきまでガキなんて興味ないって言っていたくせしやがって……」

「自分と関係してるとなれば話は別だろ。全てを知った時はかなりビビッたけどな」

「お、俺の……計画を台無しにしやがって」

「計画？」

聞き返すと怜は何も答えなかった。

「まあいいや。とにかくそういうこった。お前も謎が解けてスッキリしたろ？」

「う、うるせえ」

怜がどうしてここまでムキになっているのかが敏晃にはよく分からなかった。

「さて……もうじきタイムオーバーになるだろ。その前に脱出しねえとな。お前とは……ここでお別れだ」

その瞬間、怜は舌打ちをした。

「フジケンと勝負してたんだろ？　だから最後にアイツを撃ち殺したんだよな。だったら……俺も仲間に入れてくれよ」

敏晃はニッコリと笑い、こう言った。

「まあ、俺の場合はルール違反だけどな」

怜の頭に銃口を向け、躊躇(ためら)いなく引き金を引いた。これで本当に死んだのだろう。彼の身体が、スッと消えた。敏晃は一つ息を吐き、彰を見た。

事実なのは確かだが、信じられない。俺にそんな過去があったなんて。そして目の前にいるこのガキが、あの兄貴だなんて。変な感じだ。

「さぁて、行くか」

この時代の彰とも、ここでお別れだった。

敏晃は彰の手を取り、自分を胸に抱きながら脱出の扉を開けた。その瞬間、目の前にまばゆい光が降りそそいだ。
安西敏晃。ゲームクリア。

エピローグ

「おい。みんな」

敏晃の意識が戻ったのに、いち早く気づいたのは憲希だった。賢治、怜、飯田の三人も敏晃が座っている場所に歩み寄る。

「どうよ。一人で脱出した気分は」

賢治が聞くと、彼は自慢げにこう言った。

「まあまあかな」

そして怜に視線を向け、

「悪く思うなよ」

と手を上げた。怜はつまらなさそうに鼻を鳴らした。横から飯田が割って入った。

「それより君、僕に感謝してほしいもんだね。僕のお金がなければコンティニューできなかったんだからな」

「はいはい分かったよ。どうもどうも」

「全然感情がこもってないじゃないか」

「まあまあ。いいじゃねえか」

太っ腹なんだか、けちくさいんだか、よく分からない奴だ。

店員の手によって敏晃の身体に巻き付いていたベルトが外され、彼は自由になった。

「みなさん、どうでしたか？　バーチャワールド。楽しんでいただけましたか？」

まず賢治が答えた。

「ま、まあね。ちょっと、リアルすぎるけどな」

飯田がすぐに割り込んできた。

「いや、あれくらいがちょうどいい。僕は楽しめたよ」

「ありがとうございます。また遊びに来てください。お待ちしてます」

「どうもー」

憲希が店員に軽く手を上げた。五人はゲームセンターの階段をゾロゾロと下りていく。

「変なゲームだとは思ったけどよ、まさか敏晃に関係している設定とはな。それを聞いてマジかよって思ったぜ」

先頭を歩いていた賢治が後ろを振り向きながらそう言った。

「いやいや、俺が一番ビビッたから」

「そうだよなー。まさかあの子供がお前の兄貴だったとはな〜。でも可哀想だよな。目の前で置いてけって散々言われてよ〜」

憲希が敏晃の肩に手を置いた。

「仕方ねえだろ。あの時は何も知らなかったんだから」

「でもまあ、何だかんだ言って、けっこう面白かったじゃねえか。あのゲームは人間の本性が出るよな。怜は恐ろしいこと考えてるしよ〜」

賢治の言葉に、怜は笑って、こう言った。

「何でもありのゲームなんだから、たまにはいいだろ。ガチンコ勝負ってのも。でも最後の最後にこの馬鹿に殺られたのが癪だけどな」

「馬鹿って言うなって。正義の味方って言えよ」

「はいはい」

一階まで下りた五人は出口へ向かい、ゲームセンターを出た。その途端、忘れかけていた暑さが賢治たちを襲った。容赦なく攻撃してくる太陽の光。遠くを見ると、逃げ水が……。

「あち～」

この先、何十日間もこんな状態が続くのかと思うと吐き気がする。

「この暑さ、どうにかなんね～のかよ～」

敏晃がそう呟(つぶや)いた。結局、コンビニにいた時と同じ台詞(せりふ)に戻っていた。

「もうやることもねえし、帰るか」

賢治の提案に、反対する者はいなかった。五人は途中まで、一緒に歩いた。

「それにしてもマジ楽しかったよな。新アトラクション」

暑さを紛らわそうと、憲希が再び話題をそこに持っていった。

「だな。またやりに来てもいいな」

「次こそはちゃんと自分たちでお金を払ってもらうからな？　いいな？」

生意気を言う飯田に、敏晃の言葉はそっけないものだった。

「自分で払う時はお前は呼ばないよ」

「そんなことを言うなら、僕が払ったお金返してもらおうか。君には一万も使っているんだぞ？」

さすがの敏晃もその言葉には弱かった。

「嘘だって。冗談冗談。本気にすんなよ」

そのやり取りを見て賢治は思う。馬鹿ばっかりだと。だが、誰一人として、敏晃の母親のことは口にしなかった。彼がどう感じているのかは分からないが。

「おい坂本君」

突然、飯田が怜の肩を叩いた。

「ああ?」

睨みをきかす怜。何を言うのかと思えば、飯田はこう言った。

「今度は僕と勝負しようじゃないか。僕の強さに……君は勝てるかな?」

「てめえ、誰よりも先に死んだじゃねえか。この役立たず。家でゲームでもしてろっつーの」

「ははははは!」

賢治、敏晃、憲希の三人は声を出して腹の底から笑った。

「分かったか? このクソゲーマー」

そう言って、怜は右手を上にかざすと、飯田の頬に、今日一番のビンタを飛ばした。

「痛いな〜もう〜」

再び、大きな笑いが起こった。

「俺のAコース」

設計図ってゆーか
大プロット

アキラは赤ん坊の事を
「弟・妹」と呼ばず「赤
ちゃん」と。双葉の言う事を
聞かず 新生児室へ向かう。

毎度の事ながら 山田さんの
作品には 想像力を 掻き立て
られますね。
で、毎度の事ながら 好き
勝手に頭の中で コネ回し
て「俺仕様」にしてみま
した(笑)。
敏晃に至っては 性別まで
変更しようという 有り様です。

母親を知らない双葉が
十数年の時を経て 自分に
注がれていた母親の愛情
を知る物語です。
周囲のメンバーは 恋愛感情
ではない「友情」のような
感覚で 双葉を助けます。
怜以外(笑)。
生い立ちのせいか何でも
ひとりでやろうとする双葉を
ある意味リスペクトしてるという
か。

三部 けい

自分としては 脱出のヒントを教える役で
「母親」を使いたいんです。受け取るのは双葉。
坂本怜
飯田訓仁
このメンバーが連んだ成り立ちみたいな部分に興味を持ちました。それぞれ自分に無い物を持っている相手に対して魅かれたかな？
とか。でも逆にその部分を否定し合ってみたり。
あ、「Fコース」は未読です(笑)。この後読みます。
仲松憲希

本書は二〇〇四年十月、幻冬舎文庫として刊行
された『Aコース』を再文庫化したものです。

A(エー)コース

山田悠介(やまだゆうすけ)

平成28年 10月25日　初版発行

発行者●郡司 聡

発行●株式会社KADOKAWA
〒102-8177　東京都千代田区富士見2-13-3
電話 0570-002-301（カスタマーサポート・ナビダイヤル）
受付時間 9:00～17:00（土日 祝日 年末年始を除く）
http://www.kadokawa.co.jp/

角川文庫 20016

印刷所●旭印刷株式会社　製本所●株式会社ビルディング・ブックセンター

表紙画●和田三造

ISBN978-4-04-104926-6　C0193

角川文庫発刊に際して

角　川　源　義

第二次世界大戦の敗北は、軍事力の敗北であった以上に、私たちの若い文化力の敗退であった。私たちの文化が戦争に対して如何に無力であり、単なるあだ花に過ぎなかったかを、私たちは身を以て体験し痛感した。西洋近代文化の摂取にとって、明治以後八十年の歳月は決して短かすぎたとは言えない。にもかかわらず、近代文化の伝統を確立し、自由な批判と柔軟な良識に富む文化層として自らを形成することに私たちは失敗して来た。そしてこれは、各層への文化の普及滲透を任務とする出版人の責任でもあった。

一九四五年以来、私たちは再び振出しに戻り、第一歩から踏み出すことを余儀なくされた。これは大きな不幸ではあるが、反面、これまでの混沌・未熟・歪曲の中にあった我が国の文化に秩序と確たる基礎を齎らすためには絶好の機会でもある。角川書店は、このような祖国の文化的危機にあたり、微力をも顧みず再建の礎石たるべき抱負と決意とをもって出発したが、ここに創立以来の念願を果すべく角川文庫を発刊する。これまで刊行されたあらゆる全集叢書文庫類の長所と短所とを検討し、古今東西の不朽の典籍を、良心的編集のもとに、廉価に、そして書架にふさわしい美本として、多くのひとびとに提供しようとする。しかし私たちは徒らに百科全書的な知識のジレッタントを作ることを目的とせず、あくまで祖国の文化に秩序と再建への道を示し、この文庫を角川書店の栄ある事業として、今後永久に継続発展せしめ、学芸と教養との殿堂として大成せんことを期したい。多くの読書子の愛情ある忠言と支持とによって、この希望と抱負とを完遂せしめられんことを願う。

一九四九年五月三日

角川文庫ベストセラー

パズル 山田悠介

超有名進学校が武装集団に占拠された。人質となった教師を助けたければ、広大な校舎の各所にばらまかれた2000ものピースを探しだし、パズルを完成させなければならない⁉　究極の死のゲームが始まる！

8.1 Horror Land 山田悠介

ネットのお化けトンネルサイトで知り合ったメンバー。心霊スポットである通称「バケトン」で肝試しをするために、夜な夜なバケトンに足を運んではスリルを味わっている――そう、あのバケトンに行くまでは！

8.1 Game Land 山田悠介

デートで遊園地にきたカップルは、ジェットコースターに乗り込んだ。その途端、「今から生き残りレースを始めます。最後の一人になるまで続きます」とアナウンスされた。果たして残酷なそのゲームとは⁉

スイッチを押すとき 山田悠介

自らの命を絶つ【スイッチ】を渡され、施設に閉じ込められている子供たち。監視員の南洋平は、四人の〝7年間もスイッチを押さない子〟たちに出会う。彼らと共に施設を脱走した先には非情な罠が待っていて。

ライヴ 山田悠介

火曜の朝に始まった、謎のTV番組。『まもなくお台場よりレースがスタートいたします！』。予測不可能なトラップに、次々と脱落していく選手たち。彼らが命を賭けて、デスレースするその理由とは⁉

角川文庫ベストセラー